白を基調とした華やかな衣装は、
まるで夜空に浮かんだ月を思わせる。
戦場の女神が、
月の女神に変わっていた。
テアロミーナ

抑えきれない猟犬のように扉を開けて、
僕に飛びかかってくる影（姉）が。
「ロモロ〜〜〜〜〜ッ!!」
モニカ
ロモロ

二周目勇者のやり直しライフ 2

～処刑された勇者（姉）ですが、今度は賢者の弟がいるので余裕です～

Nishumeyusha no Yarinaoshi Life

Author
田尾典文
Illustration
にゅむ

CONTENTS

弟は誘拐された

闇夜の中、積もりそうなほど雪が勢いよく舞っている。

その中を馬車が必要以上に疾走していた。おそらく積もってしまったら、馬車が立ち往生してしまうからだ。馬が走れても、大丈夫でも、車輪はどうしようもない。

そして、急ぐ理由はもうひとつ。追っ手に気付かれるのを防ぐためだろう。

馬車の中には後ろ手に縛られ、頭に麻袋を被《かぶ》せられた状態の子供たちが並べられている。

「うあああああん！」「ぐすっ……」「家に帰りたいよぉ」「どうしてこんなことに……」

漏れているすすり泣きや嗚咽《おえつ》は彼らからだ。

僕自身もそんな状態だから、他の子供たちも同じだろう。声の多さから察するに、だいたい二十人前後というところだ。

他には誰も乗っていない。僕を攫《さら》った人が中にいるかもしれないけど。

事の発端は、つい一時間ほど前。

街の外れで魔法の訓練をして、一息吐《ひといきつ》いて休んでいたところで、突如後ろから羽交い締めにされた。

即座にやってきた馬車に乗せられ、すぐに後ろ手に縛られ、麻袋を被せられてしまったのだ。

プロフェッショナルな人攫いだと、他人事《ひとごと》のように感心してしまった。

この国での奴隷は違法ではない。

だが、ここスパーダルド州を管轄している領主は、奴隷を非推奨としていた。かなり昔からのはずだ。

しかし、隣の州であるジラッファンナ州は違う。奴隷経済で潤っていて、奴隷の需要が国内で最も高い。

で、そのことに目をつけたジラッファンナ州の盗賊たちは、僕が住むこの州や南のアシャヴォルペ州に住む人たちを定期的に攫っているのである。

本で読んだ知識で知っていたけど、まさか自分がその対象になってしまうとは……。

ただ、こんな状況でもマナは呼び掛けに応えてくれた。

魔法を使ってすぐどうにかできるんじゃないかという希望が脳内を過《よぎ》る。ヴェネランダさんにあんな状況でマナを通してもらっていた甲斐《かい》があったのかもしれない。

もっともこちらは覚えたての身、向こうは盗賊とはいえ曲がりなりにも荒事のプロフェッショナルだ。実力だって未知数である。

こちらが魔法を使えたとしても、不意に背後からナイフで刺されれば終わりである。

とはいえ、この中にいる子供たちを守るには僕がどうにかしなきゃいけない。

僕と同じように捕らえられてきたのだろう。もしかしたら、僕と同じ街の子供もいるかもしれない。

みんなを集めてから、ヴェネランダさんが使ったような盾の防壁を展開すれば――。

「おっと、ストップ。何するかわからないけど、やめておきな」

首に何かが押し付けられる。麻袋を通して伝わってくる感触だから、いまいち判然としないが……。

「ダガーを押し付けてます？」

「正解。物怖《ものお》じしないな、お嬢さん」

聞こえてきた声は若い女性のものだった。

粗野な声だったが、非常に鋭利で微《かす》かな殺意を感じる。

すぐに切る気はないようだが、おかしなことをすれば、その限りではない。そんな意思表示をされているようだった。

……それよりお嬢さん？　勘違いしてるのかな。ひとまず乗っておこう。

「それはいいんですけど、なんで『私』だけにこんなことを？」

「オレ、勘だけは鋭くてね。で、嫌な予感がした。それだけだ」

「それだけって……」

「周囲が泣いてる中、お前さんだけが泣いてなかったからな。もしかしたら、何かしら対処する手段があるのかもしれないと思った」

「子供を過大評価しすぎでは？」

「言っただろ。勘だけは鋭いって。こういう時、困ったことにオレの勘っていうのはよく当たるもんだ。生活のために仕方ないとはいえ、こんな仕事で面倒は背負いたくない」

「奇遇ですね。『私』も面倒は避けたい人種です。でも、『私』がどんな対処法を持っているとでも？」

「魔法とかだな」

「『私』は貴族でも、その落胤《らくいん》でもないですよ」

「ま、魔法を使うなら詠唱が始まった時点で喉を裂くけどな」

一般的に魔法は詠唱によって行われる。故に喉を切り裂けば魔法が使えない。

それは魔法における常識のはず。街の人も知ってる人は知ってる情報だろう。

だが、無詠唱でも魔法が使えるということは知らないらしい。

いざという時のことを考えると、ありがたい情報だった。

やはり無詠唱は魔法において一般的ではないようだ。

「何しろ、お前さんは依頼主に唯一指名された人間らしいからな。何かあってもおかしくないと思うのは当然だろ」

「唯一指名された？」

「さてな。あいつらが言うにはあの街で条件を満たしてたのがお前さんらしい。オレはあいつらから話を受けて、お前さんを攫ったただけだ。あのふたりは誘拐にはてんで向いてないから、オレが実行役ってわけ」

条件を満たしていた？　なんだ、それ……。

やっぱり、彼らの依頼主とやらに僕の魔法を見られていた？　魔法を使える平民を攫えとでも言われたのだろうか。

でも、この人は僕を女子と勘違いしている。それが少し引っかかる。

あの街で魔法を使える女子なんて――お姉ちゃんしかいないわけだが。

もしかして、お姉ちゃんと間違われて誘拐されていたのだろうか？

でも、そんな話は聞いていない。僕が盗賊に攫われることも聞いていない。

お姉ちゃんはそれらしいことを何も言わなかったし。

どっちが誘拐されていたのだとしても、さすがにお姉ちゃんも忘れないだろう。

それにしても、お姉ちゃんは僕が攫われたことに気付いているだろうか？

晩課の鐘で帰ってこないことを疑問には思うだろうけど……攫われたって考えるかなぁ。

森で迷子になったって結論になって、そのまま森の中の探索になりそうな気がする。

やはり、この場を解決するには魔法を使うしかない。

ここで何もできなければ、馬車にぎゅうぎゅう詰めにされている子供たちと一緒に奴隷として売られて終了だろう。誘拐の目的など、身代金《みのしろきん》じゃなければそれ以外にない。

最悪、魔法で暴れてしまおうと考え、心に余裕を持たせつつ、どうにか隙を窺《うかが》う。

喉元にはまだダガーが軽く触れているけど。

「盗賊さん」

「オレは盗賊じゃねーよ」

「……じゃあ、奴隷商人？」

「それも違うな。出で立《いた》ちを見ればわかるだろ」

「見てないんで。すぐ麻袋を被せられましたし」

「そういやそうだったな。オレはまあ、あれだ。暗殺者だな」

暗殺者。要人を誰とも気付かれずに殺害し、闇に葬る。

吟遊詩人の詩にしか出てこない職業かと思っていた。

しかし、随分と言い方が軽くて信憑性《しんぴょうせい》がない。

まあ、この状況だと疑ったところで意味はないんだけど。

「はあ……暗殺者……」

「お前さん信じてねーな？　喉、ぶった切るぞ」

「商品に傷がついたらまずいのでは？」

「……子供のくせにしゃらくせーな、お前さん」

「よく言われます。それでその暗殺者さんがなんで盗賊の、しかも人攫いの真似事《まねごと》を？　『私』が物語で知ってる暗殺者は群れてないんですけど」

「痛いところを突いてくるな。ま、色々と物入りでな。ちとセッテントリオナーレで要人暗殺しまくってたら、味方に危険人物扱いされて指名手配されたんだよ。わかるか？　セッテントリオナーレ」

「遥《はる》か北にある帝国ですよね」

「そ。そこから逃げてきたんだけど、金を置いてきちまってな。生活するには金がいる。それで人攫いの手伝いと、アフターサービスでこうしてガキのお守りまでしてるわけだ」

すると、首の感触が消えた。どうもダガーを退《ど》けてくれたらしい。

何もできないと思われたのかもしれない。これなら魔法を使っても、すぐに危害は加えられないだろう。

「本当に物怖じしねーな、お前さん」

「そういうお姉さんも、結構よく喋《しゃべ》りますね。守秘義務とかないんですか」

「難しい言葉知ってんねー。別に好きで引き受けたわけでもねーしな。これからガキたちがどうなろうと構わねーけど。こっちの国はお偉いさんたちのガードがなかなか堅くて、暗殺者なんか雇ってくれねーのよ」

「商売あがったりなわけですか」

「ま、そういうことだな。路銀も尽きてきた時に、脛《すね》に傷抱えてそうな連中が助っ人《すけと》を頼みたいとか言ってきたから聞いてみたら実入りのいい話だったんで、ちと主義を曲げて引き受けたわけだ」

この仕事にあんまり興味はなさそうだ。

熱意を持ってやっているとも思えない。むしろ、声色には微かに侮蔑的なものも見え隠れしている気がする。

面倒事が嫌いなら、付け入る隙はあるかもしれない。

「お姉さん。もう報酬はもらってます？」

「なんでそんな話をする？」

「色々と条件は必要ですが、『私』に雇われてくれませんか？　端的に換言すると、裏切ってください」

「ほー。大胆に面白いこと言うね。何をくれるんだい？」

気紛《きまぐ》れか、あるいは暇潰しか。僕の話に暗殺者のお姉さんは釣られてくれる。

苦し紛れでもいい。話はしておこう。他の盗賊ふたりは御者台のようだし。こっちの話は聞こえない。向こうの話も馬車の音でまともに聞こえてこないし。

「お仕事を紹介します」

「なんだ。お前さん、殺したい相手でもいるのかい？　オレは高いぞ」

「まさか。この歳《とし》でそんなわけはないでしょう。そもそも仕事は暗殺ではありません」

「……何を紹介しようってんだ」

「各地の情報収集です。暗殺者であれば、城とか警備の厳しい場所に侵入できるわけですよね？　ならそこで貴重な情報を集めてこられますよね？」

「……まあ、できなくはないな。お前さんがそんな情報をほしい、と？」

「今の『私』がほしいんじゃありません。知り合いの商人がほしがっています。金払いは保証しますよ」

「………」

「さらに二年後以降、準備が整ったら、できる限り早く今度は『私』が雇います。その時に各地の情報が必要になるのは『私』の方のはずなんで」

「お前さんは何を言ってるんだ……？」

「まあ、色々とあるんですよ。気の長い話になりますし、まだ詳細は明かせないんですけど。この国でうだつの上がらない暗殺者をやるよりも、諜報員《ちょうほういん》をやることをオススメします。依頼料は暗殺一回よりも額は下がると思いますけど、実入りは悪くないと思いますよ。標的に間近まで接近しなくていい分、いざという時の安全性も高まります」

「お前さんの言葉には信憑性がまったくないはずなんだけどな……。嘘《うそ》だと言い切れないのは、なんでだろうね」

嘘を吐くなら存在もしない金銀財宝で釣ればいいからね。

それに嘘じゃない。ヴァリオさんが情報収集のできる人材を探していたのは事実だ。

さらに、これから自分自身にとって頼りになる諜報員がほしくなるのも同じく事実。

僕は平民なのだから、相手の出自や過去になんてこだわっていられない。

「魅力的な申し出ではあるけどね。さすがに、ここに存在しないものを信じるわけにもいかないよ」

「ですよね。そんな気はしました」

「お前さんの手はそれでお終《しま》いかい？」

「そうですね。こちらから出せるのはこれぐらいです」

「ま、奴隷になっても平民よりいい暮らしができる場合もある。諦めも肝心だ。ちょいと変態に身体《からだ》を弄《いじく》り回《まわ》されるだけで済むだろうさ」

「何を言ってるのかわかりませんが、できれば遠慮した方がいい気がしてきました」

「……忘れておきな。どっちにしたって、このままいけば間違いなくお前さんは売られるわけだし、そのうち無理矢理身体でわからされる」

「それはやっぱり嫌なので御免被ります。ただ、お姉さん。ここで全員揃《そろ》って死にたくなかったら……『僕』の提案を受《う》け容《い》れてもらえませんか？」

「え――」

暗殺者の声が届く前に、僕は心の中でマナへの呼び掛けを終えていた。

この一週間、魔法の訓練をした成果をここで出す！

突如、轟音《ごうおん》とともに馬車がバラバラに切り裂かれ、御者台も含めて、馬車に乗っていた人たちが全員、地面に放り出された。

以前使ったのと同じ、風の魔法を無詠唱で真下にぶっ放したのだ。おそらくマナは光っただろうが、気付いたところで阻止できるはずがない。

ついでのように僕の後ろ手を縛る縄と被されている麻袋を、風の刃《やいば》で切り裂いた。

吹き飛ぶ子供たちを魔法の風で抱くように抑えつつ、どうにか柔らかく着地させる。

お姉ちゃんと密《ひそ》かにやっていた魔法訓練は、ほぼ制御に主眼を置いていたけど、その甲斐もあって想像に近い形で操ることができたようだった。

周囲を確認。

子供たちの位置を把握し、そのすべてに風の刃を放つ。

拘束と目を隠す麻袋を切り裂き、全員の身を自由にした。

周囲の子供たちは何が起こってるのかわからず、混乱して立ち尽くしている。

「てめぇーっ！　何しやがったッ」

「どうすんだよ、これをよぉっ！」

御者台にいたのであろう盗賊ふたりが、僕の光るマナに引き寄せられたように向かってくる。

この事態を引き起こしたのが誰なのか、即座に把握したのだろう。

だけど、この距離なら対処は容易《たやす》かった。マティアスさんに比べれば遅い。雪が積もってるのも幸いした。

再びマナに呼び掛け、雪の下——地面に手をつくと、彼らの足下が隆起していく。

盛り上がった土に埋め込むようにして、盗賊ふたりを捕らえた。

「てめえっ、何しやがった放せッ！」

「くそ、出られねぇ！　なんだこりゃ！」

これで僕が解くまで彼らは土の中だ。

顔だけ外に出しておいたから窒息することはないだろう。

こういう時は生け捕りにした方が、たぶん後々いいはずだ。

「やれやれ。お前さん、大胆だねぇ」

首筋にヒヤリとした感触。

背後に回った暗殺者の冷徹な声とともに、僕の命が握られた。

降参といった感じで腕を上げる。

「魔法を使えるなんて、オレは嘘を吐かれたってわけだ。しかも、男だったと」

「性別に関してはそちらが勘違いしただけです。魔法については、『使えない』とは一言も言ってませんよ。ただ、貴族じゃありません。その落胤でもないです。これは本当です。親が嘘を言ってなければですけど」

「しかも、詠唱もなしで魔法だなんてな……そんな真似ができるなら、情報含めて高く売れるだろうよ」

するど、土に埋まった盗賊が荒々しく叫ぶ。

「リベラータ！　そいつをそのまま捕まえろ！　腕と足を使い物にならなくしてやれ！」

「いたぶるのは趣味じゃないんだよ」

「うるせえ、いいから従――」

「黙ってろ」

盗賊の顔を目掛けてダガーが飛ぶ。

顔の横に突き刺さり、盗賊は口を噤《つぐ》んだ。

「さて。この落とし前、どうつけるつもりだ。お前さん」

「リベラータさん」

「偽名に決まってるだろ」

「でも、暗殺者さんとかお姉さんって呼ぶのも変じゃないです？」

「オレとしてはお姉さんが新鮮で好きだけどね」

「じゃあ、お姉さんで」

「……はぁ。で、どうするんだい？」

「どうするも何も、むしろお姉さんが決めることじゃないんですか？」

「ほう？　なんでだ」

「お姉さんは僕を本気で止めるなら、むしろ他の子供を盾にする気がしますし。少なくとも、ダガーを首筋に当てて脅すなんてことはしないと思います。さっきそこの盗賊さんが言ったように手足を潰すなり、目や口を使い物にならなくするんじゃないかな、と」

「この状況でよく口が回るもんだ」

「口も武器ですから動かしていかないと損ですし。それに、ここで僕が無詠唱で魔法を爆発させたりしたら、お仕事として割に合わないでしょう」

「そりゃそうだ。こっちは少ない労力で、そこそこの大金が入ると思ってたからね。こうなるってんなら、引き受けちゃいなかったさ」

「もう後戻りできません。どうですか？　こっちについてもらえませんか？　本当に仕事の紹介はしますよ。それとも人を殺さないと落ち着かない性格だったりします？」

「んなわけないだろうよ。こっちはそれしか能がないから、人を殺してるだけだからな」

「なら、穏便に済ませませんせん？　きっと情報収集の仕事はお姉さんの人生を豊かにしますよ」

お姉さんは大きく溜息《ためいき》を吐いた。

「……仕方ないか。このままじゃ、依頼の達成も難しそうだし、お前さんの企《たくら》みに乗ってやるよ。もうオレに選択肢もなさそうだしな」

お姉さんが溜息を吐きながら言うと、今度は盗賊たちが騒ぎ出す。

「て、てめぇ！　裏切るのか！」

「殺すぞ！　ぜってー殺すぞ！」

「せめて前金でももらってたら、裏切るのに心痛もあったんだがなぁ」

そう言って彼女はダガーを取り出した。

覆面に覆われた彼女の顔ははっきりとは見えない。でも、闇夜の中でもなお月の光に反射する琥《こ》珀《はく》の瞳は、実に綺麗《きれい》だった。

「お姉さん、殺したら駄目です」

「はいはい。わかってるよ、可愛《かわい》い依頼主さん。脅すだけ。手は滑るかもしれないがな」

そう言ってひょいひょいダガーを投げる。

寸分違《すんぶんたが》わず、彼らの顔の周りに突き刺さっていた。まるで曲芸だ。

恐怖で完全に彼らが黙り込む。

「で、これからどうするんだ？　……えーと名前は？」

「ロモロです。お姉さん」

「ロモロ。このまま夜を明かしたら全員もれなく凍死するぜ。雪もきつくなってきてるしな」

バラバラに破壊された馬車を見下ろす。自分が壊したものだけど、その破壊力に我ながら胆《きも》が冷えた。

雪の上に落ちた馬車の残骸に、少しずつ雪が降り積もってきている。

その中のひとつ、絵柄の描かれた破片が目に留まった。

それを手に取り、しげしげと眺め――浮かんできた考えを振り払って、拾った物を服の中に入れる。

「魔法で周辺を暖め続けてもいいんですが、僕の知ってる地図どおりなら、もう少し先の州の境に小さな村があるはずです。二十分ぐらいならどうにか歩けるでしょう」

「なんでわかるんだ？　魔法には確かに視界を別の場所に移すものがあった気はしたが」

「周辺で奴隷を売り飛ばす先はジラッファンナ州しか思い当たらないですし、馬車の方角からジラッファンナ州に向かってるとは思ったので。あとは地図と照らし合わせれば簡単ですよ」

「あの状況でよく馬車の方角がわかったもんだ……。末恐ろしいお坊ちゃんだよ」

「というわけで皆さん、もう少し頑張って歩きましょう」

僕が魔法で周囲を暖めつつそう言うと、子供たちは揃って立ち上がり僕の下へ寄ってくる。

安心したのか全員が泣いていた。でも、ここで止まっていると、あまりよくない。

害獣なり、モンスターなりが出てきてもおかしくないしね。

「隣の人と手をつないでー。はぐれないようにしながら、僕たちについてきてください」

「ロモロもオレと手を組んでおくか？」

「いえ、大丈夫です。お気遣いなく」

ぞろぞろと歩き出す。

すると、背後から怒声が響いた。

「てめぇ！　クソガキ！　オレらを出せ！」

「このままじゃ凍死しちまう！　た、助けてくれ！」

「……嫌ですよ。なんで助けなきゃいけないんですか。助ける理由って何かありましたっけ？　凍死する前に誰かが見つけてくれるといいですね」

まだぎゃーぎゃー騒いでいるが、もう遠くなって聞こえない。

「へー。なかなか割り切るな」

「いや、すいません。ただの脅しです。後々ちゃんと兵士さんたちに捕まえてもらうつもりですから。一応、土の中の温度は一定以上冷えないようにしてるんで、しばらく凍死はしないでしょう」

「それならそう言ってあげりゃいいだろうよ」

「意趣返しですよ。心底怖がらせられたんですから」

「本当かよ」

「本当ですよ」

「大人みたいな対応にしか見えん。まるで賢者の神子《みこ》だな」

……街ではそう呼ばれてるけど、黙っていよう。

しばらく歩いて、子供たちの不安が限界に達しつつあった時。

少し遅れてしまったのだけど、どうにか村には辿《たど》り着《つ》くことができた。

想像以上に小さく、牧歌的な村だ。

「着いたはいいけど、どうする気だ？」

「兵士の詰め所があれば、そこに行きたいんですけど……」

「こんな村にあるとは思えねぇな。村に入り口があるわけでもねーからどこからでも入ってくださいって感じだし、警備してるやつもいねーし」

「じゃ、村長のところに事情を話しに行くしかないですね。事情を話せば一晩ぐらい泊めてもらえるでしょう」

「ま、オレは遠慮しておく。居心地よくねぇからな」

「できれば、僕たちを助けた英雄として振る舞ってほしいんですが。子供たちもみんなそう思ってますよ」

「それこそ御免被る。英雄なんて鳥肌が立っちまうよ。虫酸が走るね」

「じゃ、ここでお別れですか。知り合いに紹介はしたいんで、今から言う日時を覚えておいてください」

次にヴァリオさんたちが来る日付を伝えて、その日に来るようお姉さんにお願いする。

真冬を除いて毎月、同じ日に来るから問題はないだろう。

「わかった。その日にお前さんの街に行く」

「待ってますね。それと二年後の僕との契約についても考えておいてください」

「ああ。面白い話を期待してるさ」

そして、彼女は闇の中に溶けるように消えてしまった。

暗殺者と自称するのも伊達《だて》ではない。パッと消えるような感じではなく、自然と意識からも消えていくようなものだった。

前を歩いているはずの大人がいなくなり、みんなの中に不安が湧き始めた。

心細そうな表情を浮かべている。

そりゃ、僕みたいな子供じゃどうしようもないよな。

「あー。もう少しで家の中に入れるから――」

そう言って安心させようとした時、遠くから馬を駆る蹄《ひづめ》の音が響いてきた。


聞こえてくる蹄の音は非常に多い。村に入り、雪を踏みならしながら近づいてくる。

その馬と騎手たちはすぐ僕らの目に見えるほどになった。

乗っている人は……騎士の佇《たたず》まいだ。鎧《よろい》を着込み、剣を引っ提げている。五十名はいるだろうか。

それに馬も非常に体格がよく、僕らがいつも見ているような農耕馬とは種類が違う。

「よいしょ……っと。いいわよ、別に。手を貸さなくても。小うるさい侍女たちがいるわけでもないんだから。後から来るでしょうけど」

最も偉い人であろう女性が馬を下り、僕たちに近づいてくる。

彼女の乗っていた馬も、着ている鎧も、腰に提げている剣も一層鮮やかなものだ。

派手でもなく華美でもなく、機能美と壮麗さを一体化させたようだった。

女性自身も実に綺麗で、おそらくかなり高い位の貴族なのだろう。

もし、戦場に女神というものが降臨したら、このような姿なのではないだろうか。

気高い雰囲気と、儚《はかな》い尊さを感じ取れる。

子供たちは揃って僕の後ろに隠れてしまった。何人かが僕の服の裾や袖を引っ張ってくる。

僕にできることはそんなにないんだけど……でも、この人に害意はなさそうだ。

表情が非常に柔らかく、慈愛に満ちている。

「………」

その女性は僕を見て、動きを止めた。

信じられないものを見たような、探し求めていたものが見つかったような、そんな感情が半々ぐらいに入り混じった表情。

どうしたんだろうか。

「どうかなさいましたか？」

「はっ！　……コホン。いえ、少々、見回していただけです」

隣に立つ護衛らしき人が指摘すると、その女性はハッと顔を上げた。

見渡しているどころか、僕に視線が一点集中だったような……。

でも、相手は貴族だ。失礼があってはならない。

ひとまず様子を窺いつつ、静かにしていよう。確か貴族は、相手から話しかけられない限り、立場が下の人間からは話してはならない決まりがあったはず。

他領だと顔を伏せる必要があるはずだけれど、僕らの領地にはその必要がないから、ひとまずは今のままでいいはずだ。

「あなたたち、もしかして攫われたという子供たちですか？」

「そうです。とある方に助けていただきまして、ここまで歩いてきました」

「大変だったわね。私たちは報告を受けて、助けに来たの。もう安心よ。総員、ひとりずつ子供たちの確認を取りなさい。絶対に怖がらせないよう、細心の注意を払うこと。泣かせたら報奨なしよ」

「はっ！」

兵士たちがそれぞれ子供たちに向かって目線を合わせるようにかがみ込み、名前を聞いていた。

それから速やかに確認と保護が行われていく。

「州都ペルーヴァの一名、衰弱気味でしたので、白湯《さゆ》を与えております」「アヴァーラの二名、確認が取れました。こちらも衰弱しております」「ヴィトーネ、各区画一名計三名、問題ありません」「ポルティノの八名、全員の無事を確認」「アスティラの五名、無事です」「バグナイア、西地区の四名、問題ないようです」

名前の確認が取れると、ひとりひとりが再び集められた。

……聞きたいことがあるけど、貴族に自分から話しかけられないのが地味に辛《つら》い。

「少しだけ待っててくださいね。さすがにこの村に、これだけの人数が泊まれる場所はありませんし、作らないといけませんから」

「か、感謝します……」

作る？　どういうことだろうか。

しかし、女性は僕の戸惑いに気付くことなく、少しだけ顔を近づけてくる。

「そ、そ、そ……それで、君の名前は？　別に下心があって聞いてるんじゃないのよ？　確認のために必要なのよ？」

怖がらせないためだろうか。妙に声が上擦っている気がした。

そんな配慮に感謝しつつ、僕は自己紹介をする。

「ロモロです。父はアーロン。母はマーラ。夕方の鐘が鳴る少し前に捕まって馬車に押し込まれました」

「そう。ロモロ、ね。うん、しっかり覚えたわ。……ロモロは確か被害者のリストにあったわね？」

「ええと……はい。ありました。バグナイアの街、東地区の子供ですね。確か我々を止めた少女が伝えてきた名前です」

「ああ、あの走る馬の前に出るなんて無茶した子……」

……お姉ちゃんだな、そんなことできるのは。

馬に乗った貴族を止めるなんて二重の意味で危険なことしてるな。貴族の気分を害したら、首が飛ぶくらいじゃ済まないぞ。

「無事でよかったわ。怖かったでしょう」

「……そうですね。非常に怖かったです。首筋にダガーを押し当てられたりもしました」

「まあ、なんてこと！　ロモロの綺麗な首に傷を……!?」

「あ、いえ。傷はついていないんですけど」

「途中に土に閉じ込められていた盗賊たちがいたわね。子供たちを傷付けてはいないと言い訳をしていましたが」

「ええ、テアロミーナ様。見たところ、子供たちには傷ひとつありません。衰弱している子はおりましたが、必要な措置をとれば明日にも回復するでしょう」

「奴隷として売り払うのでしたら、傷がない方がいいというわけでしょうね。慈悲ではないわ」

「そうでしょう」

テアロミーナ。この名前には心当たりがある。

かなり偉い貴族かと思っていたが、それどころではないかもしれない……。

すると、僕の物言いたげな視線に気付いた女性は、すぐに尋ねてくる。

「どうかして？　ロモロ」

「あの……もしかして、レジェド・テアロミーナ・デ・スパーダルド様でしょうか？」

「まあ、私を知っているのですか？」

「ご領主様のご家族ですから……」

すると、テアロミーナ様は嬉《うれ》しそうな声をあげた。

満面の笑みである。

「ロモロに知ってもらっているとは嬉しい限りですわね」

ひとまず気分を害することがなかったようで何よりだ。

でも、やはりそうだった。レジェド・テアロミーナ・デ・スパーダルド。

ファタリタ王国スパーダルド州を治める領主様のご家族で長女。

そして、お姉ちゃんの歩む歴史においては、最重要人物のひとりと言っても過言じゃない。

お姉ちゃんはこの領主一族の養子となり、家族となるのだから。

テアロミーナ様は戦場において名を馳《は》せる女傑。

『死神の妻ペルセポネー』という異名を持つこととなる。お姉ちゃんが貴族になる少し前に得た二つ名という話だったから、もう少し先の話だけど。

度々、弟たちへの不満を漏らしており、最終的には領主を継いだ長兄を殺害し、その立場を得たという……。

こう言ってはなんだけど、そういう人には見えない。

綺麗で、清楚《せいそ》な人という印象がある。

もっとも貴族なのだから、それだけではないのかもしれない。腹の内までは僕は探れないしね。

「……ようやく来たかしら」

テアロミーナ様がそんなことを呟《つぶや》くと、しばらくして再び蹄の音が聞こえてきた。

僕には全然聞こえなかったのに、すごい耳してるな。

「お待たせいたしました。テアロミーナ様！」

十名の女性たちが下馬し、その前に跪《ひざまず》く。

テアロミーナ様が一番前で跪いていた女性を労《ねぎら》った。

こちらは騎士という出で立ちではない。むしろ、物語や貴族の従者として時折見るようなメイド服に近い。

ただ、全員が貴族なのか、雰囲気や佇まいに気品があった。

「子供たちの救出が最優先だったもの。むしろ、追いつくのが早かったわね。ベルタ」

「恐れ入ります」

「では、私たちの館を村の外に作りなさい。許可はすでに村長から得ています。仔細《しさい》は任せますわね」

「承知いたしました」

子供たちも含めて、ぞろぞろと村の外に移動する。

こういった小さな村は境界があってないようなものだけど、村の家からは百歩は離れていた。

「参ります。全員準備を」

雪の中、十名の女性たちが広い範囲に散らばる。

四人が四隅に立ち、他の六人がそれぞれの辺が均等になるような間隔をとり、バランスよく立っていた。かなり広く、一辺が二十メートル以上はあるだろう。

ひとりがその中央に向かい、持っていた鞄《かばん》の中から様々なものを置いていく。鉄っぽい素材やガラスのようなもの、大理石等々……。どれも手の平サイズだった。

「開始します、合わせなさい――」

「星に根付く大地、所在なき羊に、広き基点を与えよ。砦《とりで》の如《ごと》き強さよ、ここに姿を現したまえ――」

「「「星に根付く大地、所在なき羊に、広き基点を与えよ。砦の如き強さよ、ここに姿を現したまえ――」」」

「〈ノービレカーザ〉！」

マナが光り始め、詠唱が終わると、女性たちの間を光線が繋《つな》いでいった。

魔法だ。つまり、この人たちは召し使いのように見えるけど、全員が貴族ということだ。

その光線の中にある土が盛り上がり、真ん中に置かれた鉄やガラスを飲み込んでいく。

土はうねるようにしながら、さらに高くなっていった。

ただの土塊《つちくれ》だったものが、脱皮でもするかのように、その中身を露《あら》わにする。

豪邸が、目の前に出現した。

三階建てのガラスの窓までついた館が、一瞬とも言うべき時間でできあがってしまったのだ。

寒村の外れにある豪邸はあまりにも場違いに見える。

だが、これは間違いなく魔法でできたものだった。家にはマナが留《とど》まっており、崩れる気配がない。固定化でもされているかのように微動だにしなかった。

僕には高度すぎてほとんど理解できなかったけど、魔法が使われた時、マナの流れだけははっきりと感じ取れた。

ここまでのことができることも驚きなのだけど、協力して魔法を使うことができることにも驚いている。十人の力を使って作り上げられていた。

マブルは魔法の詠唱を無意味と言っていたけど、こうして協力して事に当たる場合は、意思の統一のためにも有用な気がする。

「さ、あなたたち、まだ仕事は終わってないわよ。捕らわれていた子供たちへ負担の少ない食事の用意を。もう時間も遅いから寝るようでしたら、すぐに寝台を整えて差し上げること。必要であれば、温浴も用意なさい」

「わかりました。では、二十分ほど……いえ、十分お待ちくださいませ。行きますわよ」

そうして、後からやってきた女性たちは大急ぎで去っていく。

「あれは私の侍女たちよ。慌ただしいでしょうけど、外も寒いですからね。中に入っておきましょうか」

「過分なご配慮感謝いたします」

貴族の人の寛大な配慮に嬉しくなって笑顔を返すと、テアロミーナ様はまた妙に顔を真っ赤にしていた。

◆

私の名前はベルタ・ボルゲーゼ。スパーダルドの領主様が長女、テア様――テアロミーナ様と親しい者だけが私的な場だけで呼べる愛称です——の侍女長を務めております。テア様とは幼少の頃からのお付き合いになりますね。

テア様は幼少期、貴族とは思えないほど御転婆《おてんば》で活発でした。何度も手を焼いたものです。ですが、少しずつマナーを身につけつつあり、ようやく貴族らしくなってきたと思います。私まで怒られていたのは、今ではいい思い出ですね。

齢《よわい》十八歳にして戦場での名声の方が高いというのは、些《いささ》か気になるところではありますが、それでも誇らしい主人です。

ですが、そんなテア様にはひとつ、困った課題がございます。

領主であるヴォルフ様もどうしたものかと、頭を悩ませているご様子。

それは——夫のなり手がいないということです。

婿をとる、あるいは嫁入りする……そういう問題ではなく、相手がいないのです。

政略的に結婚する相手もおりません。相応《ふさわ》しい相手がいないという方が正しいかもしれませんね。

ヴォルフ様も「もういいから、誰か連れてこい」と、匙《さじ》を投げてしまいました。

スパーダルド州は、国内では王領を除けば、最も広く最も栄えている州です。

先代が合法的とはいえ幾つか周辺の州を併合し、さらに巨大化したことで他の州の領主たちから妬まれております。直接的に非難してくる者はおりませんが、嫌がらせは日常茶飯事です。

なので、あまりあからさまな政略結婚を行うと、火に油を注ぐ結果となりかねません。そもそもヴォルフ様の妹君が現在の正妃ですし。これ以上の力をつけすぎると、王の権力を凌《しの》ぎ、反逆を企てていると諫言《かんげん》され、それを事実だと誤解されかねないのです。何事もバランスが大事なのですね。

そんな理由がありますので、ヴォルフ様もそこまで政略結婚に乗り気ではないのでしょう。

それが三年ほど前のこと。

テア様にいい人は見つかっておりません。

もはや相手は犯罪者でなければ誰でもいい――冗談かとは思いますが――とまでヴォルフ様には言付かっているのですが、テア様の方にも問題がありました。

「私よりも強い相手でなければお付き合いなどする気になれません」

いるわけないでしょう、と主人に指摘を入れたくなったのをグッと飲み込みました。

何しろ、テア様はお強いのです。

今から五年前。御年十三歳になられた時、軍に紛れ込み、

「弱い弱い弱すぎる！　あははははははははは!!」

と高らかに哄笑《こうしょう》しながら、盗賊たちの首級が十三も数えられたというのですから、軟弱な貴族では相手になどなりません。

「私の歳の数だけ首を取ってきたわよ!!　それ以上取ったらマナー違反って話だし！」

どこか遠い国の儀式の話か何かでしょうか？

要するに、もっと首を取れたのだと言いたかったのでしょうけど……これにはヴォルフ様も、領主としてさすがに頭を抱えたようですね。

テア様よりもお強いのは、王都で王の師団を受け持つ四元帥ぐらいではないでしょうか。全員、

おじさまですね。個人的には素敵な方たちではあると思うのですけど。

ただ、四元帥の方たちも爵位を持つ貴族です。やはりここと結ぶのは危険でしょう。

さらに言えば、

「お父様に望まれてもいない結婚な上に、相手が中年だなんて絶対嫌よ！」

とのことでテア様のご要望は、ほぼ同年代で自分よりも強い方。

もう一度言いますが、いるわけないでしょう。

ですが、その状況も、一時大きく変化いたしました。

それは魔族領との隣接です。

二年前に魔族領と接したことで、領内のさらなる強化が急務となりました。

何しろ我がスパーダルド州は、その最前線です。遥か昔、今でこそ一年に一度だけ接しますが魔族領と接していた時から、戦い続けています。

魔族を防ぐための砦を作ったのは、誰であろうスパーダルドの初代様です。

これで政略結婚を正当化する理由ができました。

再びテア様の婿探しが始まったのですが、もはや後の祭りでした。主立った男性はだいたい断ってしまった後なのです。断って舌の根も乾かぬうちに……ということもあり、なかなか踏み出せません。第一希望が強い男性ですしね。

どんどん婚期が遠ざかっているお可哀想《かわいそう》なテア様なのです。

あ、私は許嫁《いいなずけ》がおりますので。まだ結婚はしてませんが。

そんなある日。今から数日ほど前のことです。

領内で次々と子供たちが失踪しているという報告が飛び込んできました。

冬のこの時期に、子供たちが失踪するというのは、こう言っては不謹慎なのですが、この季節の風物詩でもあります。

冬に子供たちを攫うのは、隣の州に逃げ込み、追跡を困難にするためです。雪が積もれば、追跡のための痕跡も消えてしまいますから。

それからようやく決定的な情報を入手し、追いかけてきたわけですが……どうやら無事に解決していたようでして。

と言っても、私たちは侍女。戦闘はできません。何が起こったのかを知る立場にはなく、噂話《うわさばなし》を聞く程度です。

現在は館を魔法で作り上げ、子供たちに食事を与え、子供たちの寝所を整えて、ようやく人心地ついたところです。

もう少ししたら、テア様もお休みになり、私たちもお役御免となるでしょう。

警護は護衛の役目で、私たちの仕事ではございませんし。

最後のお仕事であるお着替えのために、テア様の部屋に向かいます。

「ベルタ。着替えはまだいいです。それよりも、ついに見つけたわ！」

「何をでしょう？」

「いい人よ。あの人なら、私、お付き合いしたいわ！」

「え!?」

思わずといったように出た声が自分でも意外すぎて、咄嗟《とっさ》に口を塞ぎます。

ですが、テア様は気分を悪くした様子もありません。

むしろ、初めての恋に浮き立つ乙女のようでした。

そう言えば、先ほど伺いましたその噂話……。

子供たちを乗せている馬車が突然、破壊され、放り出されたと思ったら、魔法を使って無事に子供たちを着地させたと。

さらに地面を隆起させ、盗賊たちを捕らえたといいます。

子供たちの話は脚色はあれど、どれもほぼ統一性があり、事実のはずです。口裏を合わせることは難しいでしょうし、する意味もありません。

そして、その子供たちを救ったのは、どうやら流浪の旅人であるらしいのです。

もしや、その旅人に一目惚《ひとめぼ》れしたのでしょうか!? これは大事件です!

「ああ、寂しい客間に通してしまったけど、嫌な気分になってたりしないかしら……」

「ここに滞在しているのですか!?」

「ええ。無理言って寝るのを待ってもらったの。もう少し話をしてみたかったから」

テア様をここまで虜《とりこ》にするとは……。

こうしてはいられません。

「それでしたら、テア様。お着替えをいたしましょう。今のお姿はまだ戦闘用の服ですから、女性らしい服に着替えた方がよろしいかと」

「そ、そうね。ベルタ。そういうのわかりませんから、任せて構わないかしら？」

「もちろんでございます」

テア様は大層美人なのですが、飾りっ気のない質素で質実な服を好みます。

こちらとしてはもっと可愛らしくなってほしいので、今回の提案は渡りに船です。

ふたりほど侍女を呼び立て、すぐにテア様の着替えを完成させます。

侍女はいついかなる時も主人のご満足をいただけるよう、常に用意周到に準備しておくものです。

たとえ、それが無駄に終わることの方が多くても。

いざという時のための歳相応の服を持ってきておいてよかったです。

「おかしくないかしら？」

「いえ。よくお似合いですよ。お待ちの方も、目を奪われることでしょう」

「ああ、待たせてしまったわね。早く行かないと疲れて眠ってしまうかもしれませんわ」

さすがに領主の長女を前に寝る相手がいるとは思えませんが……という言葉を飲み込み、私は予《あらかじ》め準備をさせておいたお茶と、それを載せたカートを押して一足先に客間へと向かいます。

そして、念のために扉の隙間から客間を覗《のぞ》き込《こ》みました。テア様が騙《だま》されている可能性もありますし、他に不埒《ふらち》な者が入ってきていないとも限りませんから。

さて、テア様のお眼鏡に適《かな》った男性は……。

子供しかいません。

……誘拐されてきた子供が入り込んできてしまったのでしょうか？

ですが、他に人がいませんね。

待ちきれずに部屋を出てしまった……というのは、考えづらいのですが。

そうしていると、テア様が優雅に歩いてきました。

「テア様。子供しかおりませんが」

「いいのよ、それで。あなたは何を言っているの？」

「え……？」

「名前はロモロと言うんだそうよ。私、一目で心を奪われてしまいました」

一瞬、呆《ほう》けてしまいましたが、指摘せざるを得ません。

「お付き合いしたいって仰《おっしゃ》ってましたよね？」

「ええ、もちろん」

「どう見ても、八歳ぐらいのお子さんにしか見えませんが……」

「可愛らしいでしょう？　見てるだけで愛《いと》しくなってくるでしょう!?　もう、私、心を抑えることができません。今すぐ結婚したい……」

大丈夫ですか？　という言葉を咄嗟に飲み込みました。危ない。テア様とは付き合いの長い間柄ですが、一線を越えればさすがに怒られるでしょう。

ですが、この目は本気です。本気で年端もいかない少年に恋しています。

自分よりも強くなければ嫌だという条件は、どこにいったんでしょう？　時の彼方《かなた》に消え去ってしまったんでしょうか？

かといって、それを私の立場上、面と向かって駄目だとか言うこともできませんし、私はただただついていくのみです。

平民の子のようですから、いくら何でも結婚はできないと思うのですけど……。

でも、あの知的そうな瞳と母性本能をくすぐる容姿は、テア様ではありませんが、少々クラリとくるものがあるのは認めます。

平民でもあのような可愛らしい子がいるのですね。テア様のお古を着せて差し上げたら、さぞ似合うと思います。

◆

食べていなかった夕食をいただいて胃の中を満たしてから、テアロミーナ様から話があると言われて、僕は客間に通された。

ふかふかの長椅子に座りながら、思い出すのは夕食のことだ。簡素ながらもいい素材が使われているのか、今までに味わったことがないほど美味な食べ物だった。見たことのない食材で、見たこともない料理は本来平民では絶対に味わえないだろうな。

他の子供たちも嬉しそうな顔であっという間に食べきり、その上いくらでも食べていいというのだから、おかわりの要求もしていたっけ。戦場のような様相だったな。

夕食が終わってから、他のみんなは床についている。

バグナイアの街で攫われた僕たちはまだしも、他の街から連れ去られてきた子供たちは、数日間も水と僅かな食料しか与えられず、少しだけ衰弱していたからね。疲れもするだろう。

僕も正直、眠いのだけど、領主様の家族相手に命令を無視するわけにもいかず、どうにか睡魔に抗《あらが》っている。

ただ、部屋で煌々《こうこう》と火が燃えている暖炉の温かさは心地よく、睡魔の味方をしてしまっていた。

ここが魔法で作られた建物だなんて、今でも信じられないね。

「お待たせしたわね、ロモロ」

しばらくしてやってきたテアロミーナ様は、先ほどまでの姿とは一変して、非常に貴族の女性らしく清楚な格好だった。

白を基調とした華やかな衣装は、まるで夜空に浮かんだ月を思わせる。

戦場の女神が、月の女神に変わっていた。

そして、もうひとり、確か侍女長のベルタという人も一緒だ。メイド服を着込んだ彼女は、主の傍に控えるようにして、音も立てずにカートを部屋の中へと運んでくる。

緊張感から一気に目が覚めた。

「着替えられたのですね。テアロミーナ様、とてもお似合いです」

「まあ、そう言われたのは初めてです。嬉しいです。ありがとう、ロモロ」

平民の子供に向かって丁寧にお礼まで言ってくれるとは、実に変わった貴族である。

僕からするととても印象がいいんだよね、この人。

「お話があるということですが……」

「え、ええ。そ、そうね。……もう少し何があったか詳しく聞かせてほしいのだけど」

「僕やみんなが言ったことが、だいたいすべてです。特に言っていないことはないかと思いますが」

「そ、そう……」

微妙に要領を得ない。

だが、侍女長の女性は気にすることもなく、てきぱきとテーブルの上で準備を整えていく。

どうやら温かいお茶を用意してくれたらしい。

テアロミーナ様が、どうぞと勧めてくれたので、失礼にならないようカップを持って、息で冷ましながらお茶を口に含む。

とても甘く、身体の芯から温まる気がした。

「お口に合うかしら？」

「はい。とても美味《おい》しいです」

「あら。それなのに少し悲しそうな顔をしていませんか？」

「いえ。本当に美味しいので、ここだけになってしまうのが惜しいなと。忘れないように、しっかり味わわせていただきます」

小さな声でベルタ様とテアロミーナ様がやり取りしている。

何か平民的にまずいことでもあっただろうか……？

ただ、怒っているわけではなさそうだ。一安心。

「おかわりもありますよ。遠慮なく言ってちょうだい。ねえ、ベルタ」

「ええ。美味しいと言っていただけるのは、侍女冥利に尽きますもの」

高級なものに舌を慣らしてしまったら、今後に差し支えもありそうだけど、この美味しさには抗えない。ついつい、おかわりを要求して、さらに砂糖を少なめにしてほしいなどと厚かましく頼んでしまった。

次に入れられたお茶は実に豊潤な味わいで、口の中を満たしてくれる。僕の舌にとても合っていた。これは吟遊詩人の詩にある、神の雫《しずく》ではないだろうか。

そんなふうにお茶を味わっていると、テアロミーナ様は少し鎮痛したような面持ちで、小さく頭を下げてきた。

「今回は治安が行き届かなくて、本当にお詫《わ》びします。領民たちの安全を守るのが貴族なのに、それができなかったら税を受け取る資格がないわ」

「いえ、突発的でしたし、仕方ないかと。それに他州の盗賊でしょうから」

「ジラッファンナには厳重抗議しなければなりませんね。最近はこれまでに比べても、とても派手に動いていますから」

「おそらく彼らを雇った人がいると思うんです」

「あら。なぜ、そう思うのかしら？」

「馬車は馬も含めて非常に高価で、ふたりだけで行動するような盗賊が持てる代物じゃありません。

奪ったものとも思えませんし……。誰か資産家の指示と支援があったんじゃないでしょうか」

服の中から壊した馬車の残骸から取っておいた破片を取り出す。

それは紋章の描かれたものだ。馬車の持ち主を示すものでもある。

そして、これを僕は見たことがあった。

「今、僕らの街にとある貴族が来て街の一部の所有権を主張して揉《も》めているのですが、ご存じでしょうか？　パネトーネと呼ばれているのですが」

「いいえ、パネトーネなど聞いたことがありませんわね。少なくとも私たちの封臣《ほうしん》ではいません。ねぇ、ベルタ。他州で最近新しく叙勲された方はいたかしら？」

「おりませんね。領地を賜ったという話も聞きません。仮にいたとしても、バグナイアの街はどの州とも接しておりませんし、所有権の主張は道義に反します」

「そのパネトーネが掲げている紋章です」

テアロミーナ様とベルタ様が、ぴくりと眉を動かす。

「なるほど。では、馬車がそのパネトーネと呼ばれる偽貴族のものと」

「貸したという可能性はありますが、持ち主はおそらく」

「ちなみに所有権の主張で揉めているということでしたら、お父様かその部下に報告が上がっているはずですわね。ベルタ」

「ええ。ですが、所有権に関する問題は上がっていないと把握しております。街の行政で握り潰されている可能性がありますね」

「可及的速やかに確認する必要がありますわね。ごめんなさいね、ロモロ。あなたたちに不利益になるような真似をして。握り潰すような者に務めさせた私たちの怠慢だわ」

「いえ。彼らもかなり狡猾《こうかつ》で、慣れているようでしたし……時間はかかってもいつか真実が明らかになるだろうと思ってましたから」

そう意見を口にすると、テアロミーナ様が目をぱちくりさせた。

後ろにいる侍女の人も瞳を瞬《まばた》かせている。

「……可愛い上に、知的なのね。愛らしすぎる……」

「すいません。なんと？　聞き取れなかったのですが」

「いいえ。何でもないのよ？」

コホンと咳払《せきばら》いして、テアロミーナ様が頷《うなず》く。

「確認がとれれば、私たちが彼らを制圧いたしましょう。街を戦場にする間もなくね」

「お強いのですね」

「ツッツッツ！　……ろ、ロモロは強い女性は、嫌いかしら……？」

「いえ、僕は戦いには向いてないので、戦える人を尊敬します。一度だけ腕利きの傭兵《ようへい》とモンスターとの戦闘を見たことがありましたが、見事なものでしたから……」

マティアスさんたちの戦いは凄《すさ》まじいものだったしね。間近で見せられたこと自体はまだ根に持ってるけど。

テアロミーナ様がなぜかホッとしたように息を吐き、ニッコリと微笑《ほほえ》みを返してくれる。本当にひとつひとつの仕草が、とても上品な人だった。

「何にせよ、あとは任せてくださいね。まずは一両日中に皆さんを元の街に帰れるように手配するのが先ですから。道中、不都合もないように準備もします」

「ありがとうございます。テアロミーナ様の寛大な処置に、本当に感謝いたします」

テアロミーナ様が今度は眩《まぶ》しそうな顔になる。貴族の人は冷静で落ち着いている人が多いとヴァリオさんから聞いていたけど、この人は非常に感情豊かだな。とても取っつきやすい。

「そ、それと、ロモロももちろんバグナイアの街に帰りますよね？」

「ええ。そうしていただけると助かります」

「こ、これは私の個人的なお願いなのですが……その後、州都に――」

扉からノックの音が響く。

テアロミーナ様が少し残念そうな、不満そうな、少し怒っていそうな……複雑な表情を浮かべた。

テアロミーナ様が許可を出すと、ベルタ様とは別の侍女が入ってくる。

その心中は僕にはまったくわからない。

「テアロミーナ様、来客でございます」

「こんな時間に？」

「テアロミーナ様というよりも、攫われた子供のご家族の方がいらっしゃいまして……」

「まあ、それはそれは……。本人の確認はとれていて？」

「いえ。ただロモロという名の少年の姉だと語っております。モニカという名前で――」

横口を挟みそうになるのを堪えて、テアロミーナ様の言葉を待つ。

テアロミーナ様とベルタ様の視線がこちらに向いた。

「お姉さんで間違いないかしら？」

「はい。モニカは僕の姉の名前です」

「……では、すぐに通してあげなさい。わざわざ姉を騙《かた》る者がいるとは思いませんが、念のため注意しておくのですよ」

やってきた侍女の人は扉を閉めて部屋から出ていった。

テアロミーナ様が首を傾《かし》げて僕を見る。

「ところで、ロモロ。先ほどからずっと、自分から話そうとして止まっていませんか？」

「えっと……以前、貴族の方と話す時は、目上の人から話しかけられるのを待たないといけないと教わったもので」

「ああ、なるほど。気にしなくてもいいのに、ロモロは物知りですね」

「いいえ、教わっただけなので」

「でも、少し語弊がありますわね。それは初対面、あるいは久しぶりに会話する時、そして、幾つかの公的な場に限った話ですよ？　こういう気易《きやす》い場であったり、お互いの立場を確認し合ったあとならば、下の身分から話しかけても失礼には当たりません。少なくとも我が州ではね」

「そ、そうだったんですか。勉強不足でした。すみません」

「いいのよ。ロモロの立場ならば知らなくて当然だもの。貴族の子でも、まだ親に教わりながら行動する時期なのよ。恥じることなど何ひとつないわ」

とても優しい。貴族はとても鼻持ちならない人が多いとヴァリオさんから聞いていたし、お姉ちゃんからは長兄、つまり上の弟みたいな話もあったから警戒していたけど、聖人ではないかと思うぐらいである。

やはり伝聞だけで知った気になるのは、危険な先入観を生み出すだけだ。

今思い返すと、お姉ちゃんがテアロミーナ様のことを語った時、決して責めてはいなかったな。

むしろ力になれなかったことを申し訳なく思っていたように思う。

それがわかっただけでも、とても有意義だった。

「ろ、ロモロ様の姉君を、連れてまいりました……ッ。モニカ様、少々お待――」

「ロモローーーーーッ!!」

抑えきれない猟犬のように扉を開けて、僕に飛びかかってくる影。

お姉ちゃんが服を雪だらけにしており、どれほどの強行軍で来たのかが窺える。

ただ、滝のように涙を流しているお姉ちゃんの奥では、テアロミーナ様とベルタ様が訝《いぶか》しげな顔をしていた。

それはそうだろう。僕も姉の考えなしな行動には、ちょっと肝を冷やしている。

テアロミーナ様は鈍くない。おそらく、このおかしな事態に気付いているはず……。

ただ、まだ僕とお姉ちゃんの再会を優先して、黙ってはくれているけど。

「まったくもう！　誘拐されるなら言ってよね！」

「無茶言わないでよ……」

「ほんっとに心臓止まったんだから！」

「心臓止まったら生きてないよ」

貴族の人たちの前で恥ずかしいやり取りをしてしまい、穴があったら入りたくなる。

思うんだけど、お姉ちゃんは今から七年後に死んで、ここに戻ってきたわけだから、精神的な年齢は十七歳になっているはずだよね？

そして、お姉ちゃんからの話を聞く限りでは、今のテアロミーナ様はお姉ちゃんと精神年齢はほぼ同年代のはず。

これでこの差はなんだろうなぁ……と考えると、なんだか頭が痛くなってきた。

「クスクス。仲がよろしいのね」

「あっ、す、すいませ、ん……！」

「いいのよ。気を遣わなくて。それで、モニカさん。ちょっと聞きたいことがあるのだけど」

「な、なんでしょう？」

「どうやって来たのかしら？　随分と早い……いえ、早すぎる到着だと思うのだけど……」

やっぱり疑われてるじゃないか。

僕らが馬車で連れ去られた後、すぐに出たとしても、ここにこんなに早く来られるわけがない。

テアロミーナ様たちが馬を使ってあの時間だったのだから。

そもそも、お姉ちゃんは僕のことを伝えてから、テアロミーナ様を追いかけたのだとしたら、そ

の後で街を出てきたはず。バグナイアからここまで、徒歩ではいくら何でも早すぎる。魔法を使ったのかどうかはわからないけど、何かしら平民ではあり得ないほどの速さで移動してきたはずだ。

どうするんだよ、お姉ちゃん……。

「と、途中に野生の馬がいたので、ちょっと乗らせてもらったんです。あ、あとは蹄の跡がまだたくさん雪の上に残ってましたので、それを追いかけてきました……」

「野生の馬なんて、この辺りにいたかしら？」

「も、もしかしたら、僕らの乗ってた馬車から切り離された馬かもしれないですね」

お姉ちゃんのとっさの機転に乗っかって、僕もそれらしいことを言っておく。

蹄の跡を追いかけてきたのは事実だろうけど、馬に乗ってきたのは違うだろうな。たぶん……。

野生の馬に出会うことすら偶然にもほどがある。

「その馬は？」

「村に着いて、すぐに下馬して放しちゃいました。まだ村にいる、かも……？」

「馬に乗れるなんて珍しいわ。ロモロともども、平民なのですよね？」

「き、気合いです。馬は従順ですし」

ちょっと怪しくなってきたけど、どうにか誤魔化しきれそうだ。

さすがにこれ以上は追及されないだろう。少なくとも魔法を使ったという発想はないんじゃないかな。僕らは平民だしね。

「そう。頑張ったのですね。ですけど、女の子ひとりで街を出たらいけませんよ？　今頃、お父様とお母様は心配しているのではないですか？」

「あっ……！　そう言えば……」

「お、お姉ちゃん。まさかお父さんやお母さんにも言わずに来たの!?」

「だ、だって必死だったんだもの！　そんな余裕なかったし！」

軽率すぎる。今頃、僕らの街は二次遭難が起こったような騒ぎになってるんじゃないだろうか。

お父さんとお母さんが真っ青になっている姿が目に浮かぶ。

「くすくす。来てしまったものは仕方ないわ。それに伝達なら各街にこちらの魔法で済ませていますけど、もう一度、モニカが来たことを送っておきましょう」

「モニカも今日はここに泊まっていきなさい」

テアロミーナ様の格別な温情に感謝したい。

「あ、ありがとうございます」

「では、さっそく余った部屋を……」

「いえ。ロモロと一緒の部屋で構いませんよ。いつも一緒に寝てますし」

お姉ちゃんがギュッと抱きしめてくる。暑苦しいな。

それを見たテアロミーナ様が表情を強張《こわば》らせていた。何か貴族からは考えられないような行為だったりするのか？

「そ、そう。そうですか。一緒に。いつも……。わ、わかりました。では、ベルタ。ロモロに宛がった寝室までふたりを案内なさい。もう夜も遅いですからね。準備もありますし、明日の出発は午後になるでしょうからゆっくりと休んでくださいね」

「ありがとうございます。では、おやすみなさい。テアロミーナ様」

「おやすみなさい。テア様」

そして、僕らは寝室に案内された。

僕はいつもとはまったく違うベッドや机など、その豪華さに驚いたのだけど、

「あー、こういうベッド久しぶりー！」

お姉ちゃんは慣れているように、ベッドへとダイブする。

うーん。こういうところで、いつかやり直してることがバレてしまいそう……。


閑話。

「姉！　そういうのもありだと思いませんか。ベルタ」

「……返答に困ります」

「だって、一緒に寝られるのよ!?　抱きつけるのよ!?　いいじゃない。とっても！　モニカが羨ましい……」

「テア様にも弟はいるじゃないですか」

「駄目よ。ヴァルカはそつがなくて可愛げがないし、ヴェルドは病弱すぎるもの。どっちも大事な

弟ですけど、愛くるしさとは無縁でしょう。お父様に似たんだわ」

「そう言いますが、ロモロ様とて成長するのでは？　そうなったら……」

「するでしょう。でも断言してもいいわ。成長しても可愛らしいって！　ああ、州都に帰ったらお父様に養子にできないか打診してみようかしら」

「平民の子を、それだけで貴族にはできないと思いますが……」

ふたりはそんな話に夢中になってしまい、モニカがついうっかり以前の癖で「テア様」と呼んでいたことなど、すっかり失念していた。

◆

「ケヴィン様、討ち取られたとのことです！」

「リリア様の魔法防壁が切れました！　ランチャレオネ軍、潰走しております！」

「第二部隊、全滅！　死者数、負傷者数、不明！」

「傭兵部隊、ハンター遊撃隊も壊滅しました！」

野営陣地に、傷付いた伝令役とともに報告が続々と舞い込んでくる。

よい知らせなどひとつもない。

魔族による大軍は津波のように早く強く、人の身では一時すら止めることができなかった。

「第三部隊から援軍の要請が来ております。それと、食糧が尽きたと……」

「第一部隊の守護していた砦が消滅しました！　壊滅ではなく、消滅です！　新魔法が使われた可能性があります！」

「武器の充足率が五割を切っています！　北側から敵軍が雪崩《なだ》れ込《こ》むのも時間の問題です！」

「なんだそれは！　兵に徒手空拳で戦えというのか!?」

ファタリタ王国対魔族領。

元々、スパーダルド州の対魔族用城塞が突破された時点で趨勢《すうせい》は決定していたのかもしれない。

武器を作る素材もない。兵士たちを満たす食糧もない。

本来であればスパーダルド州には大鉱山や、広大な穀倉地帯があり、軍用の資材は援軍も含めて行き渡るはずだった。

しかし、大鉱山はランチャレオネ州に奪われ、その後は彼らの無理な採掘が祟《たた》り、運営が不可能になって武器の製作が滞った。

穀倉地帯はアシャヴォルペとの戦争によって焼かれ、さらに特殊な魔法か、あるいは毒でも使われたのか、広範囲にわたって草すら生えない荒野と化した。

スパーダルド州はふたつの戦略物資を奪われ、すっかり荒れ果てている。民もまた貧困に喘《あえ》ぎ、飢餓が発生していた。

さらに度重なる内戦や侵略戦争による疲弊が激しいため、周囲から支援も来ない。どこも自身の領内可愛さに出し渋ったのだ。

スパーダルドを越えられたら、もはや滅亡は避けられないというのに、きっとなんとかなるだろうという楽観で彼らは動こうとしなかった。

兵士の士気も低く、形勢を逆転させるような援軍も望めない状況下では、前線を死守することも覚束《おぼつか》ない。

スパーダルド州の砦、街、村は次々と陥落し、住人たちは殺されたか、殺されるのを待っているような状況だった。

和平、講和など、言語のない魔族には通じない。

人類の全滅か、魔族の全滅か。今の人類にとって、そのどちらかしか、もう道は残されていないのだ。

万全の状態であれば、対魔族用城塞をこうも簡単に抜けられたりはしなかっただろう。

万全の状態であれば、抜けられたとしても前線を押し止め、僅かながらに前進する力もあったはずだ。

ファタリタには、大いなる力を振るう勇者がいたのだから。

その勇者モニカが立ち上がり、テアロミーナの隣にその身を置く。

陣内の兵士たちから、微かな希望の声があがった。

「テア姉様。そろそろ行きます」

「待ちなさい、モニカ！　まだ回復しきってないでしょう！」

「でも、ここで食い止められなければ終わります」

「ですが……ですが……！」

「泣かないでください。テア姉様。あたしも……悲しくなりますから」

「私は……あなたになんと詫びればいいのかわからない……。お父様が暗殺されて、積極的に動こうとしないヴァルカを疎んで……私は栄光あるスパーダルド州を貶《おとし》めてしまった……！」

「仕方なかった……んだと思います。あたしはテア姉様に受けた恩を忘れていません。家族として扱ってくれたこと。家族が死んだ時に、同じように泣いて悲しんでくれたことを。ヴァルカ兄様を殺してしまったのは……きっと理由があったのだと信じています」

「ですが……！」

「勇者としてこれ以上、みんなを死なせるわけにはいきません。もちろん、テア姉様も。あたしにはもう昔の家族もいません。今の家族も……テア姉様だけだから」

テアロミーナが心を折ったかのように膝を折り、泣き崩れる。

まるで子供のように大粒の涙を零《こぼ》し、地面を濡《ぬ》らしていた。

人前では常に高貴に振る舞わねばならない貴族にあるまじき行為だが、それを抑えきれないほど自身の罪に押し潰されている。

もう彼女を助けられる者はモニカしかいない。

そのモニカも、死地に飛び込もうとしている。

「ごめんなさい……。ごめんなさい……」

「生きてください。テア姉様」

テアロミーナから離れ、モニカは大地を蹴って空へと向かう。

弾丸のように北へ向かい、その眼下に軍勢を収めた。もう死の軍勢は最後の陣の間近に迫っていた。

モニカは剣を構え、構うことなく単騎で中心に突っ込んでいく。

「さあ、ここは通さないわよ。これ以上、前に進むためには死体の山を築くことを覚悟なさい」

着地の衝撃で、数人の魔族を吹き飛ばしながら、モニカは魔族たちの前に立った。

剣を抜き、身体を大きく回しながら剣を振って、囲む魔族を容赦なく切り捨てていく。

刃が煌《きら》めくと、魔族の身体のどこかが飛んでいった。

「聖なる白、遠き聖地よ、顕現し魔を放逐せよ！　白き世界〈モンド・ビアンカ〉」

モニカが剣を突き刺すと、白い爆発が広がっていく。

白い光は次々と、人々があれほど苦戦していた魔族を瞬く間に消滅させた。

それほどまでに勇者の力は絶大だった。

仮に戦線を抜かれても、押し返すだけの力がある。

だが……それは永遠に続く都合のいいものではなかった。

「くっ……！」

マナが呼び掛けに応じなくなってくる。魔法を使いすぎて、周囲のマナが枯渇しているのもあるが、精神が疲弊しすぎていて呼び掛けに応じてくれない。

現在、使えるマナは身体に残して、身体強化に使っているもののみ。

これまで使ってしまったら強化が切れ、剣による戦いに耐えられなくなる。

いつか、これも切れてしまうが、それでも切れる前に少しでも魔族の数を減らしておきたい。

ところが、どれだけ倒しても、魔族たちは次々と湧いてきた。きりがない。

切った数を数えるのに飽きてきた頃、モニカは冷静に判断を下す。

（もう、これ以上は戦えない。強化が持たない）

そう判断し、一度逃げる算段を整えた。

だが――。

「……出たわね」

モニカの前に進み出てきたのは、全身黒甲冑《くろかっちゅう》の騎士。

さらに剣も盾も漆黒となると、もはや呆《あき》れすら通り越して尊敬すらしてしまう。

ただ鉄仮面にバイザーがなく、非常に不気味な騎士だった。どれだけ注意深く眺めても、外を見るべき穴がない。顔部分が完全に覆われていた。

もしかしたら、魔族には視覚すら必要ないのかもしれない。

この男がとにかく曲者《くせもの》だった。

剣の腕もさることながら、魔法においても一流以上。

用兵においても、幾度となく人間たちを苦しませてきた。

本来、突撃するしかなかった魔族が、曲がりなりにも戦術を使ってきたのは、間違いなくこの男の手腕だとモニカは確信している。

「もう力なんてほとんど残ってないけど、あんただけは道連れにしてやるから！」

テアロミーナは戦いにおいては優秀だ。

突撃を繰り返す相手であれば、どれだけ魔族が強くても対応は可能なはず。

ただ、それはあまりにも楽観的な考えだった。

あるいはこの黒騎士さえいなくなれば、魔族が瓦解するかもしれないという甘い思考。

仮定に仮定を重ねた希望とすら言えない話を期待に変えて、モニカは黒騎士に向かって剣を振った。天から地へ全力で振り下ろす。

しかし、黒騎士はそれを真正面から受け止めた。相手も魔法を使い、剣を強化している。そうでなければ、今ので一刀両断どころか黒騎士の鎧もろとも消《き》え失《う》せていた。

（せめて万全なら、苦戦はするだろうけど討ち取る自信はあるのに……ッ！）

この黒騎士は決して万全の勇者と相対はしなかった。

それを卑怯《ひきょう》だとずっと思ってきた。

だが、それ以上に、この騎士の策略を見破れず打ち破れず、そんな苦境に陥ってしまうことがモニカは歯痒《はがゆ》かった。

お互い強化魔法すら切れて、剣戟《けんげき》での応酬が始まる。

それは決められた型のようで、あるいは演舞のようで、おかしな話ではあるが双子のように呼吸が合っていた。

周囲の魔族たちは巻き込まれないよう、その戦いを見守っている。

何も語らない魔族たちがふたりを囲む空間で、ただただ剣と剣のぶつかり合う音が響き合っていた。

だが、その剣戟も長くは続かない。

どちらもその剣閃《けんせん》は鈍りつつあった。

お互い、息が上がってきているのだ。

（あとは根性の勝負！　それならあたしは負けない！）

勝負を決めるべく、モニカは剣を振った。

反撃を許さないほど強引で、目の前を覆うほど多い手数の剣戟は黒騎士を圧倒する。

そして、ついに気圧《けお》されたように、黒騎士は半歩後ろに下がった。

（ここだッ！　ごめん、マナ！　もうちょっと力を貸して！）

枯渇したマナを強引に集めて、剣とそれを振る身体の部位にピンポイントで送り込む。

「輝け、光！　我が力、我が紫電！　煌々と響いて、虚空に満つる！　影すら地に溶け、世界よ、真白に染まれ！　〈エネルマギア・ルーチェビアンカ〉!!」

最適化された突きが、黒騎士の喉元を目掛けて雷撃のように迸《ほとばし》った。

（獲《と》った！）

間違いなく喉元を貫く。宿命じみた戦いもこれで終焉《しゅうえん》。

そう信じた瞬間――非情にも刃は喉元寸前で相手の剣の峰で止められていた。

せめて、万全なら……いや、この必殺技が完成さえしていれば――。

後悔も束の間《つかま》――手が足が、まったく動かない。
突きの姿勢のまま、モニカは捕縛されていた。
四肢や胴、首に闇の輪が生じている。そこから四方に鎖が延びていた。
「くぅっ……！」
完全に油断した。最後まで最も油断してはいけない相手に対して。
勝負を急《せ》くあまりに、愚直で直線的なだけの、信念なき一撃。
黒騎士がそれを見逃すはずもなかった。
数秒前までの勝ち誇った自分を殴り付けてやりたい。
黒騎士の手の内に、小さな光が灯《とも》る。
白く、渦を巻いたそれは、魔法とは違うような雰囲気を放っていた。
それを入れられたら、何かが終わる。
正体不明の悪寒が背筋を駆け上がってきたが、何もかも手遅れだった。
黒騎士はそれをモニカの腹に近づけ――無造作に中へと押し込んだ。

◆

「………」

変な夢見た。

お姉ちゃんと、そして、もうひとり……テアロミーナ様が出てくる夢。

戦争だった。

最後に出てきたあれが黒騎士だったと仮定すると、お姉ちゃんが過ごした、前の最期に近い記憶だと仮定できる。

でも、なぜお姉ちゃんの記憶にあるものを、僕が夢で見るんだ？ そんなことってあり得るの？

僕がお姉ちゃんの情報を断片的に聞いていたから、頭の中で構築された……という可能性はあるけど、知らない名前がちらほら出てきたし、夢にしては鮮明だった。

今まで聞いてた情報と矛盾もしていなかったしね。

お姉ちゃんとテアロミーナ様が最後まで生き残っていたのも聞いたとおりだ。

ふと横を見ると、間近にお姉ちゃんの顔があった。僕に抱き付いて、身体の間に隙間は皆無。

楽しい夢でも見ているのか、非常にだらしのない顔をしていた。涎《よだれ》まで垂らしている。ちょっと僕にもくっついているぞ。

テアロミーナ様の上品さを少しでいいから見習ってほしい。

……まあ、でも夢の中のお姉ちゃんは、お姉ちゃんとは思えないほど言動が凜々《りり》しかったな。少し見直してしまったかもしれない。あれが夢じゃなくて、事実ならだけど。

それがなんで、こうなったのやら……。安心したことで張っていた気が抜けすぎて、精神的に幼くなってしまったんだろうか。

「ひとりで寝れるって言ったのに、心配性なんだから……」

とはいえ、お姉ちゃんもひとりでこの村までやってきたのだ。

昨日も色々と事情を聞こうと思ったら、ベッドに倒れ込むなり寝ちゃうし。

帰ったらお姉ちゃんはお父さんたちに怒られるだろうし、今ぐらいはそっとしておこう。夢について聞くのは起きてからでいいや。

それにしても静かだ。まだ村は朝を迎えていないらしい。外もまだ薄暗かった。

このまま寝る気分でもないし、少し部屋を出て歩こうかな。

もし、歩くのを怒られたら、戻ればいい。

お姉ちゃんの腕からどうにか脱出し、かけられている布をお姉ちゃんにかけ直してから廊下に出た。

昨日は眠かったりして確認する余裕がなかったけど、とても大きなお屋敷《やしき》だ。ガラス窓もあるし、建物自体も頑丈で立派そう。壁の手触りなんかも、元が土だなんて信じられない。

これが魔法で作られるんだから、貴族は本当に別世界の人なんだなぁ。

いつか僕にもこんな建物が作れるようになるんだろうか。お姉ちゃんも作れたりして。

「……ん？」

ヒュッ、ヒュッ、と遠くから絶え間ない音がテンポよく響いている。

聞いたことがあるような音だった。

トーニオたちが木の剣を振っている音に似ているような……。ただ、彼らのそれよりも遥かに鋭い。

少しずつ音に近づいていくと、廊下の窓から雪景色が見えた。

そこにはテアロミーナ様と、すぐ傍《そば》に侍女長のベルタ様も控えている。

テアロミーナ様は重そうな剣を手に持ち、振り下ろすことを繰り返していた。

剣筋がまったくブレない。それだけで、何度も修練を重ねてきた剣だというのが、僕にですら伝わってくる。

マティアスさんとどっちが強いかな……なんて想像をした。

「あ……ら……!?」

僕に気付き、テアロミーナ様が剣を取り落とす。

うわ、邪魔しちゃったかな……？

謝るために外に出ると、少し寒い。厚着をさせてもらってるけど、それを貫く寒さだった。

テアロミーナ様とベルタ様が早足で近づいてくる。

「どうかしたのかしら？　ロモロ」

「随分とお早いですね。ロモロ様」

「なんか早く起きてしまいまして。歩こうかなと思ったら、剣の音が聞こえたので、誘われてしまいました。お邪魔してしまってすいません」

「いいのよ、別に。むしろ、これで精神を乱した私が未熟だったのだから」

やはりお姉ちゃんとは大違いだ。

強さの中にも、清楚で凜《りん》とした雰囲気がある。

生粋の貴族は育ちが違うということなのかな。

言ったらさすがに平民と一緒にするなと怒られそうではあるけど。

……夢の中のテアロミーナ様とは印象が違った。

「それにしても……汗臭くないかしら。大丈夫？　ロモロ。匂いで気持ち悪くなってたりしない？」

「いえ、まさか。テアロミーナ様からそんな匂いはしませんよ。むしろ、花の香りがするようです」

「はぅっ……」

テアロミーナ様が立《た》ち眩《くら》みでも起こしたかのように、身体をぐらつかせた。

……大丈夫だろうか。訓練のしすぎ？

すぐにベルタ様がテアロミーナ様の身体を支える。

「申し訳ありません、ロモロ様。テアロミーナ様は少々、ご気分が優れないようで。ただ、すぐに回復すると思いますので、また朝食の時にでもお会いしましょう」

「そ、そうですか。お、お大事に……」

「では、失礼いたします。それとロモロ様。屋敷の中は歩き回ってもらって構いませんので、ご自由に散歩してくださいませ。ただ、屋敷からは離れない方がいいと思います。お風邪を召してしまいますから」

「わかりました。お手数おかけいたします」

テアロミーナ様とベルタ様は行ってしまった。

ベルタ様が「お気を確かに！」と言ってテアロミーナ様の手を強く引っ張っている。……本当に、大丈夫かな。

とはいえ、僕にはどうしようもない。

テアロミーナ様が早く回復しますように、と祈るぐらいしかできなかった。


魔法で作られた館は出発する段になって、侍女の人たちによって元の土に戻された。

「あくまで一時的な住み処《すか》ですからね。硬度を保たせるマナはしばらくすると離れ、壊れます。その時に崩落が起こって、怪我《けが》もあり得ますからね。だから、使わなくなったら内部に残っているマナを操作して、意図的に壊すのです」

「なるほど……」

その時になんとなくテアロミーナ様に話を聞いたら、懇切丁寧に説明してくれた。

この人は本当に子供の扱いが慣れてるのか、こっちをまったく侮らない。

それにしても建物の高速建築。これができるようになってみたい。応用もできるだろう。むしろ、この魔法自体が応用という気はするけど。

「では、出発します。皆さん、街まで時間はかかりますが、必ず送り届けますからね。もし、馬車の中で気持ち悪くなったらすぐ傍に控えている侍女に言ってください」

そして、僕らを乗せた馬車は村を出発する。

今日は珍しく晴れ間が広がり、昨日の雪が嘘のようだった。

それから数時間、雪の積もった地面の上を馬車が進む。微かに見える街道を無理のない速度で進んでいった。

子供たちは幾つかの街ごとに三つの馬車に分けられていた。そのひとつには僕たちの街から攫われた僕を含む五人と、お姉ちゃんが乗っている。

来た時と違って、充分なスペースがあり、足も思いっきり伸ばせるし、横になることもできる。どういうツテを使ったのかはわからないが、馬車を三台もすぐに用意できるのは、さすが領主の家族だけはある。

その上、馬車も揺れが非常に小さかった。乗り心地がよすぎる。行きとは比べるのもおこがましい。

「お姉ちゃん。ちょっと聞きたいことがあるんだけど」

「ん？　何？」

「昨日、夢を見たんだけど……」

同乗している子供たちは疲労が抜けていないのか、何人かは舟を漕《こ》いでいる。話を聞かれる心配もなさそうなので、隣に座るお姉ちゃんに、昨晩見た夢のことをそれとなく尋ねてみる。

お姉ちゃんが魔法の使いすぎで休んでいる時に、続々と悲報が舞い込み、砦を消滅させられ、それを抑えるためにお姉ちゃんが無理して向かった。

そこで黒騎士と相対し、敗れた……と。

そこまで話すとお姉ちゃんはこくりと頷いた。

「聞いてたら腹立ってきた……！　あの全身黒ずくめめぇ……」

「随分と怒ってるね」

「そりゃそうだよ！　卑怯だもん、あいつ！　人の嫌がることばっかりして！」

「戦争って、相手の嫌がることを延々とし続けるのが基本だと思うんだけど」

「騎士らしくない！」

「戦争だからなぁ……。そもそも、魔族に騎士道みたいな概念があるのかどうかも僕は知らないけど」

あの時の夢は、お姉ちゃんの思考も記憶も丸わかりだったけど、あの黒騎士がお姉ちゃんの言うとおりの人物であれば、戦争において実に正しいことをしている。

魔族は突撃してくるだけだった。

だが、黒騎士が現れてからは変わった。

本当ならば、少し魔族への見方が変わってくる。

「お姉ちゃん、魔族は喋らないんだよね？」

「うん。喋ってるのを見たことないよ。口はあるのにね」

「……魔族って魔法を使えるんだよね？」

「そうだね。人の使う魔法よりも強いね」

「前、僕に魔法で言葉を伝達したよね？」

「したね。そんなに難しい魔法じゃないよ」

「魔族たちは、それで意思を通じ合わせてるんじゃないの？」

僕はお姉ちゃんに、自分の考えを説明していく。

難しそうになると、思考放棄するから、できる限り簡単に。

「気にしたことなかったなぁ……」

「気にしようよ。戦争で相手がどういう手段で情報伝達してるのかなんて、真っ先に押さえるべきところだよ」

「それに魔法を使ったようには見えなかったよ。光ってもいなかったような」

「僕も夢で確認はできなかったけどさ」

「それに、みんな、そんなこと言わなかったし。魔族は喋れない。突撃しかしてこない。そう聞かされ続けてきたし……」

「貴族の人たちの頭が凝り固まってるってことなのかなぁ」

「教会の人たちなんて、魔族と意思の疎通ができるんじゃないか？　なんて言ったら、烈火の如く言い返してきてたよ。魔族は人間とは異なる種族でうんたらかんたらって」

それはそれで由々しき話だ。

「伝達するのは魔法じゃなくてもいいんだよ。昆虫は触覚とか匂いとかで、情報を伝達してるらしいし、動物たちにも何かしらあるし、モンスターにだってあるかもしれない。だったら、魔族にないのもおかしいって思うし」

「んー……魔族たちがねぇ……」

「意思を通じ合わせてるんなら、戦術だって使ってくるわけでしょ」

「困るじゃん」

「そりゃあ困るでしょ。魔族ひとりを討ち取るのに、最低でも五人の兵士が必要って話なんだし。突撃だけされるなら、まだ防ぎようはあるんだろうけど、戦術使われ始めたらどうにもならないんじゃない？」

圧倒的に勝るというのなら、戦術など無視して平押しで構わないだろう。下手なことをするよりも効率的だし、その方が余計な被害を防げる。

魔族がどれだけいるのかは知らないけど、地図で見ると魔族領はそんなに大きくない。王国どころかここの州よりも小さいぐらいだ。

そうなると住んでいる魔族の数も、おおよそ計算できる。大陸に住む人に比べれば大した数にはならないはず。

そう考えれば、まだ数で圧倒できる分、守るだけならば可能だろう。

「意思の疎通が可能なんだったら、どうにかして対話ができないもんかな」

「えー……想像つかないんだけど」

「対話できれば、相手の望んでいることもわかるし、こっちの望みを伝えることもできるでしょ。それが対立して、深まっていったら戦争ってことになるけど、回避できるなら、回避した方がいいはずだよ。戦争せずにこっちの目的を果たせれば勝ちなんだし」

「それは……そうだけど。でも、うーん……住人たちを斬殺していく魔族とお話かぁ」

「そもそもまだそれは起こってないことだと思うんだけど……。それは向こうだって同じことだよ。意思があるってことなら、人間に仲間が殺されていくことに思うところはあるんじゃないかな。僕らと同じ意識を持ってるなら……だけど」

「んー、実感がないよぉ」

本に書いてあることを真に受けてる僕の方がおかしいのかな？　正しいことだと思うけど。

でも結局、外交のがの字も知らない僕が言ったところで机上の空論だしな。

お姉ちゃんが僕の言ってることを信用できないのもわかる。お姉ちゃんは曲がりなりにも戦争に関わっていた当事者なわけだし。僕はそこを想像でしか語っていない。

「あと、お姉ちゃん。話変わるけど」

「ん？　なに？」

「今回の誘拐って、お姉ちゃんの記憶にあった？」

「あるわけないよー。あったら絶対覚えてるし、ロモロに警告してるもん。というか、家から出してない」

「忘れてた……はナシだよ」

「忘れてないってば。ただ……」

「ただ？」

「そもそも街で誘拐事件があったかどうか覚えてないんだよね……。街で誘拐事件なんて、ロモロ以外が攫われてたとしても大事件だから覚えてそうなもんだけど、あたしは聞いたことがないし。

少なくともロモロがあたしの前から消えたことはないよ」

お姉ちゃんも少し引っかかってるようだった。

誘拐となれば、非常に大騒ぎになる事件だろう。

当事者やその家族でなくても、街中では大きな話題になるし、騒ぎにもなる。しばらくの間、警戒もするだろうし。

それを覚えていないというのは、少し考えづらい。

「逆にお姉ちゃんが誘拐されたりとかは？」

「それもないよ」

「じゃあ前回も、テアロミーナ様とここで会ったわけじゃないよね？」

「そうだね。養子に引き取られた時に挨拶したんだ。同じ女の子ってことで、貴族として変なことしちゃっても優しくしてくれたよ。ああ見えてテアロミーナ様も若い時はやんちゃだったんだって」

……テアロミーナ様も若い時はやんちゃ？

若い時って、まさに今じゃないの？

どこをどう切り取っても清楚なご令嬢というテアロミーナ様を侮辱するのはやめてほしい。

たぶん、貴族でいうところのやんちゃというのは、きっともっと可愛らしいものだろう。少なくとも木の枝をぶんぶん振り回して、走り回るといった類のものじゃないはず。

「今回のことって、今後のことを考えるとかなりイレギュラーなんじゃないの？」

何しろ、二年後に引き取られるはずの家族に出会ってしまったのだ。

ここからの影響はまったくもって計り知れない。

「でも、どうしようもなかったじゃない。あのままじゃロモロ、どうなってたかわからないでしょ？」

「うーん。街に着いたら、テアロミーナ様と接触する前に詰め所に行ってた方がよかったかなぁ。……いや、事情聴取されてたよね、たぶん。テアロミーナ様は誘拐犯を捜しに来てたわけだし」

当事者の僕たちが呼ばれないはずがない。

改めて考え直してみると、攫われた時点で奴隷として売られるか、テアロミーナ様と接触の二択だ。

奴隷として売られるまでいったら、脱出できるかどうかもわからない。少なくともここにいる子供たちはどうしようもない。

行動の選択としては間違っていなかったと思うけど……。

「でも、テア姉様とも街に着いたらお別れだし、それでひとまず終わりなんじゃないかな」

「……まあ、それもそうか」

「なんかロモロ。残念そうな顔してない？」

「そりゃあ……」

理想のお姉さんだからね。恐れ多いけど、離れるのが少し惜しい。

お姉ちゃんに一割ぐらいあの清楚さが備わってくれないかな、なんて思ったけど、口にするのはやめておいた。口は災いの元だ。前世の記憶にある言葉だけど、いい言葉だと思う。

この国では、口に出さなければ神様も聞き届けようがないとよく言われるのだとしても、黙っておいた方が円滑に物事が回ることもあるのだ。

「なんでもない」

「怪しいなぁ。ロモロ、なんか隠してない？」

「なんでもないったら」

そう言って僕は眠った振りを決め込んだ。

ゴトゴトと小さく揺れる馬車は、妙に眠気を誘う。

朝が早かったこともあって、僕はそのままぐっすりと寝てしまった。

馬車がバグナイアの街、西門に到着すると、数人ほど待っていたのであろう人がいた。

「おかあちゃん！」「パパ‼　ママ‼」「帰ってこれたー」「うわあああああああん‼」

馬車に乗せられていたこの街の子供たち四人が、我先にと降りていく。

そして、各々の親の下へ走っていき、勢いのままに抱き付いた。

最後に僕も馬車を降りようとしたら、お姉ちゃんが馬車の隅で固まっているのが見える。

「お姉ちゃん、覚悟を決めようよ」

「だ、だってー。絶対、父さんにも母さんにも怒られるもん……」

「当たり前でしょ。何も言わずに出てきたんだから」

「ろ、ロモロもそれは同じでしょ!?」

「誘拐と家出を一緒にされても困るよ。受動的に街を出たか、能動的に街を出たか、そこには乗り越えられない壁があるから」

「ううー」

「今回のことに限らないけど、周囲への影響を考えてね。時間がなくても、面倒くさがらずに、ちゃんと情報の伝達はすること。お姉ちゃんが今何をしているのかがわからないと捜しようがないんだからさ」

運よく村まで来られたからよかったけど、どこかもわからない場所に行ってしまったらどうするのか。

街道を外れて迷ったら、捜しようがない。

そんなわけでぐずるお姉ちゃんを無理矢理引っ張って、馬車から降ろした。

僕たちの姿を見つけて、お父さんとお母さんが走ってくる。

そして、僕らに抱き付いてきた。

「よかった……! ロモロ……! 本当に心配したのよ!!」

「モニカも……無事でよかった」

「心配かけました。見てのとおり、僕は無事です」

「あ、うう……ごめんなさい」

怒られずに心配されたことが意外だったようで、お姉ちゃんは申し訳なさそうな顔をしていた。

無事に帰ってきたことの方が嬉しいんだろうな。

「ロモロ。怪我はない？」

「大丈夫だよ、お母さん。擦り傷ひとつないよ」

「そうか。神の思《おぼ》し召《め》しかもしれないな」

「……はは、そうかもね」

僕の身体をお母さんもお父さんも心配そうに見ていた。

まあ、縛られたりはしたけど、もう痛くはない。

僕が暗殺者のお姉さんや盗賊と相対した……なんて聞いたら卒倒しそうだな。

でも、思い返すとマティアスさんのモンスター討伐に付き合った時の方が、危険度は高かったのではないだろうか。危うく心臓貫かれそうになってたし。

うっかり漏らしたら、お父さんはマティアスさんたちに怒鳴り込みに行きそうだ。

「まったくもう！　モニカ！　あなたはなんでそうも考えなしに突っ走るの！」

「うわあああ！　母さん、やっぱり怒ったあ！」

「当然でしょう！　あなたが森で行方不明になったとか、あなたまで攫われたとか、情報が錯綜《さくそう》したんですからね！　心臓が止まったわ！」

すっかり安心したお母さんがお姉ちゃんに説教をしていた。心臓が止まったは我が家の口癖なのだろうか……。

どうも僕が森で行方不明になったという話から森での捜索が始まり、そこに兵士さんたちから街の子供たちが誘拐されているという話も入り、さらにそこにテアロミーナ様が到着して事情を聞いたらお姉ちゃんがすぐに出立。

情報が住人たちに行き渡っていなかったのだという。テアロミーナ様が来た後も森の中で捜索が行われていたのだとか。

それでお姉ちゃんまで二次遭難したという話が出てきたわけか。

「まあ、ふたりとも無事で本当によかった。ロモロも今後、街外れにはひとりで行かないこと」

「はい」

ただ、そうなると魔法の訓練ができなくなるんだよね……。

マナの呼び掛けだけで済ませるべきかなぁ。

「あ、僕、テアロミーナ様にお礼言ってくるね」

ひとしきり再会を喜んだ後、僕はテアロミーナ様に近づく。

テアロミーナ様率いる騎士たちは、すでに次の街へ向かう準備をしていた。

ここで不足した物資を積み込んだら、すぐに出発するらしい。

テアロミーナ様はテキパキと指示を出して、今は侍女のベルタ様と一緒に何かを話している。

「ありがとうございました。テアロミーナ様、ベルタ様。他の皆様たちも本当に感謝しております」

「いいのよ、ロモロ。あなたたちが無事なのが、何よりも私たちの幸せですからね」

「ひとりの領民として、これから少しでもお役に立てるよう励む所存です」

「うふふ。頼もしいわね。でも、今は親のお仕事の手伝いや、子供同士で遊んだりして、視野を広げてくださいね」

視野を広げる、か。

確かに僕はこの街のことしか知らない。

もっと広い世界に出て、知識を柔軟に集めるべきかとも思う。

ただ、この街での生き方以外、僕にはできないのだ。そのために必要なものが、何もかも足りない。

八歳の子供では街を出ることもできないのだから。

「あと、そうね。もし、視野を広げたいというのなら、他の街を見ることもお勧めしましょう。生まれた街だけでは、どうしても知識も偏りますからね」

「他の街、ですか。ただ、僕はまだ子供で他の街に行くお金もツテもありませんし……」

平民が他の街に行くというのは難しい。

街道を通っても、害獣やモンスター、盗賊の類などに襲われる可能性はゼロではない。

だからこそ巡礼者や商人たちは少なくない金銭を支払い、護衛を依頼する。

そこに平民の子供が交ざろうにも、彼らに得でもない限りは望み薄だろう。

「ロモロは他の街に行ってみたいのですね？」

「はい。色々と見てみたいです。どんな違いがあるのか、どういう流行《はや》りがあるのか。比べてみたいですね」

自分の知識欲もあるけど、何よりもお姉ちゃんのための情報収集というのもある。

貴族になるための力もそうだし、なってからの力の方がより重要だと僕は考えていた。

お姉ちゃんが勇者になるまでの期間は長いようで短い。あっという間に過ぎ去ってしまうだろう。

それまでどれだけの力や情報を得られるか。お姉ちゃんを助けるとはそういうことになる。

「わかりました。では、楽しみにしていてくださいね」

「……？　あ、ありがとうございます」

「では、そろそろ出発しましょう。次の街に向かい、子供たちを親許《おやもと》に返さなければね。じゃあね、ロモロ。またいつか会いましょう」

「お、お達者で」

テアロミーナ様は笑顔で、部下の人たちとともに優雅な佇まいで去っていった。

規律の整った騎乗をした騎士たちを引き連れる姿は本当に高貴で、貴族の見本のようである。

それにしても、楽しみにしていてくださいとか、またいつか会いましょうってどういう意味だろう。

まさか、実はこっちの事情をすべて知っていて、養子になることを知っている、とか？

「……待てよ？」

「ロモロ、どうかしたの？」

「あ、お姉ちゃん……。いや――」

よくよく考えると盲点だった。というか、その可能性になんでもっと早く気付けなかったのか。

テアロミーナ様がこちらの事情を知っている、その該当者かどうかはともかくとして。

「お姉ちゃん。お姉ちゃんの話が事実なら、この世界は一度巻き戻って、またやり直しているってことだよね？」

「そういうことになるのかな。それがどうかしたの？」

「その中で僕やお父さんやお母さん、街の人たちも、誰ひとりとしてその記憶を持っていない。でも、なぜか、お姉ちゃんだけが記憶を残している」

「そうだね。なんでかはわからないけど……」

「お姉ちゃんだけが記憶を保持している理由も謎だけど、本当にお姉ちゃんだけしかいないのかな。記憶を持ってる人」

そう尋ねると、お姉ちゃんは腕を組んで考え始める。

……が、長くは続かなかった。

「わかんないなー。どうなんだろう。そもそもあたしが記憶を持ってるのは、なんかこう……勇者の力なのかなって勝手に思ってたけど。なんで、そんなことを？」

「今回の誘拐騒ぎってさ、お姉ちゃんの言うとおり、以前は起こっていないのであれば、それが起きたのは、お姉ちゃんや僕の行動が巡り巡ってそれを引き起こした可能性が高い。けど、もうひとつ起こる可能性を探っていくと、別の答えが出てくる」

「それは？」

「記憶を保持する別の誰かが引き起こした」

「……そんなことあり得るの？」

「お姉ちゃんの身に起こったことを唯一とするか、他にも起こっているって考えるかだね。僕は依頼者に指名されて誘拐されたらしいから、ないとも言いきれない」

「えっ……。……ちょっと待って。誰。そのロモロの誘拐を指名した人って」

「いや、知らないよ。そこまではさすがに。盗賊たちが口を割らなきゃ……って抑えてお姉ちゃん」

「あっ……と。ごめんね」

また殺意を溢《あふ》れ出《だ》させていた。誰にも見られてなかったけど、元ハンターのお父さんに見られたら絶対にマズいぞ……。

「でも、わざわざロモロを指名する理由がわからなくない？」

「その辺りはわからないよ。そもそも名指しで指名されたわけじゃないらしいし、指名されたのは女子だったっぽいし、僕じゃない可能性も高い。誘拐犯は僕を女子だと思ってたらしいから」

「ロモロは線が細いからなぁ……」

「それはいいんだよ。ともかく、もう少し詳しい話を聞きたいところだなぁ」

僕よりも頭のいい人なら、答えを出せるのかもしれない。

そもそも、どうやって調べたらいいのか、その取っかかりが摑《つか》めなかった。

この街で頭の良さそうな人に、聞いてみようか。

こんな話をまともに聞いてくれる人がいるかどうかはわからないけど。

「何ふたりでコソコソ話してるんだ？　帰るぞ、ロモロ、モニカ」

「ええ、帰ってゆっくりしなさい。馬車に揺られて疲れたでしょう」

「はーい」

「ごめん、お父さん、お母さん。ちょっと行くところができたから、先に帰ってて」

「は？　ロモロ、お前どこに行くんだ」

「ゾーエお婆《ばあ》さんのとこ！　晩ご飯までには帰るから！」

お母さんの引き留める声が聞こえてくるが、追いかけてこないので許されたのだろう。呆れた溜息が聞こえてきそうだけど気にしない。

この街で一番頭が良さそうなのは、僕の知ってる範囲なら薬師《くすし》のゾーエお婆さんと錬金術師のトビアお爺《じい》さんだ。

トビアお爺さんの家は遠いから、まずはゾーエお婆さんの家に向かおう……と思っていたんだけど、いざゾーエお婆さんの家に着いたら留守だったので、トビアお爺さんの家へ向かった。

「馬鹿か！　ジジイ！　誰がこんなものを頼んだってんだよ！」

「うっさいわババア！　注文どおりに蒸留したらこうなっただけじゃ！」

トビアお爺さんの家まで来たら、外にまで喧嘩《けんか》の声が聞こえてくる。元気だな、あのふたり。老いて益々《ますます》盛んって言葉を本で読んだ気がするけど、まさにそんな感じだ。

「こんにちは。ゾーエお婆さん、トビアお爺さん」

「なんじゃ、ロモロじゃないか。無事だったのは聞いていたが、もう帰ってきたのかい」

「馬車に乗っておったんじゃろ。疲れてないのかのう？」

「いえ。大丈夫です。それよりも聞きたいことがありまして」

「それで誘拐から無事に帰ってきてから、家に戻りもせずわざわざこんなところに？　こんなジジイのところに来るもんじゃないよ」

「うっさいわババア。幼気《いたいけ》な少年におかしなことを吹き込むなんてどうかしてるわい」

「はは……。でも、せっかくですから、ふたりに聞きたいんです」

ふたりは目を瞬かせつつ、輝かせた。どんな質問が来るのか、興味深そうにしている。

期待に応えられる質問かどうかはわからないけど。

「変な質問になるんですけど……もし、今から世界が十年巻き戻ったとしたら、その十年は同じ結果になりますか？」

「変なことを聞くねぇ。何かあったのかい？」

「いや、本を読んでて気になったら、考えが止まらなくなってしまったというか」

「本ねぇ……妙な本もあるもんだね」

「うーん。その手の宿命論について、わしらは門外漢じゃのう」

「宿命論？」

「簡単に言えば、世界の出来事はすべて定められていて、人の努力ではそれを変えられないとする考え方じゃな。これに従えば、十年巻き戻ったとしても、それからの十年は同じ結果になる」

なるほど。そういえば、世界の出来事はすべて定められている……という教えはマルイェム教の教えにあったような。

その理《ことわり》から外れる者を異端者と呼ぶんだとか。

「もっとも宿命論に従えば、十年巻き戻ることも定められているということじゃからな」

「あ、確かにそうですね」

「実際にそうかどうかは確かめようがないからの。他にも決定論というものもある」

「決定論とは……？」

「こっちはもっと解釈も含めて多様だからワシも適当にしか解説できんぞ。簡単に言えば、原因と結果とは因果律によって支配されていて、未来は過去から現在までに規定されたものから導かれたものという考え方じゃな。……これで、あってたよなババア？」

「因果的決定論ならあっとるな。他の分類もあるが……」

「宿命論と何が違うんですかね？」

言葉遊びのような違いにしか思えないのだけど……。

「そら、そうなるじゃろな。ワシらは概要を知ってる程度じゃ。解釈も人によって違う。だから、これはワシ個人の考え方になるぞえ。例えばこいつを適当に投げるとするじゃろう」

少し大きめの木屑《きくず》を手に取って、トビアお爺さんは部屋の縁に向かって投げた。

木屑は壁に当たって、地面に置いてあった壺《つぼ》の中に入る。

「宿命論で言えば、あの木屑は壺に入ることが運命づけられていたということになる。しかし、因果的決定論で言えば、ワシの手の動きや木屑の軽さ、投げる時の力の度合い……そういった諸々《もろもろ》は過去から現在にかけてそうなるように行動してきたから、壺に入る結果になった……という感じじゃな」

「なんだか難しいですね。でも、何となくわかった気がします」

「何度も言ってるが、ワシらは専門じゃないからのう。今のも触りぐらいでしかない。少し囓《かじ》っただけじゃからな。ワシの研究の役にも立たんし」

「あー。じゃが、詳しいやつはおったな。ほれ、ジジイ。あいつ、なんて言ったか？」

「おー、あいつか。あいつ……なんて名前だったかのう。喉元まで出かかってはいるんじゃが……」

「このボケジジイが！」

「やかましいわ、ボケババア！　お前も思い出せてないじゃろ！」

「まあまあ、喧嘩をしないでください……」

でも、どっちの考え方をしたとしても、人の意思が介在しない限り、世界は同じ道を歩むということだ。

むしろ、他に記憶を保持する者がいる可能性が、相対的に上がったってことだよね？

「まあ、知り合いに詳しいやつはおったよ。前は王都の方に住んでおったが……今はどこで何をしてるのやら」

「もう何十年と会ってないからねぇ。どこぞでおっちんでるんじゃないのかえ？」

「ワシらと違ってひょろかったからのう。どっかで餓死してるかもしれんな」

「ん？　餓死……イネディア……イエデア……。ああ、イデアじゃ、イデア」

「おお、そうじゃった。そんな名前じゃったわ！」

ヒドい言われようだ。餓死から思い出される名前って……。

でも、ゾーエお婆さんもトビアお爺さんもかなり長く生きてる。

平均寿命からすれば、とっくに死んでいてもおかしくない。長生きしてほしいね。

「イデアさんですか」

「このババア以上に偏屈なババアじゃからな。子供が会うのはオススメせんぞい」

「誰が偏屈なババアじゃ！　ま、あいつが偏屈なのは確かだがね。話も長いしの。朝まで話に付き合わされた時は死ぬかと思ったわい」

でも、王都か。まだ住んでるのかどころか生きてるのかも不明だけど。

機会があればもう少し聞いてみたいかも。

「連絡ってとれますか？」

「んー。まあ、生きて王都にまだ住んでればとれると思うがねぇ」

「ロモロ、お前さんも本当に好き者じゃな。今度、巡礼者か商人がいる時にも、伝言ぐらいはしてやろう。とはいえ、期待はしない方がいいのう」

これ以上聞いても、世界の謎が解けるわけではないと思うけど、単純に興味が湧いてしまった。

『？？？』

こうして突発的に始まった誘拐事件は解決を見る。
誘拐事件は勇者モニカの前時間軸において存在していない事象だ。
ただ、この事件が起こったからこそ、ひとつの道が開けたのだと言える。
後々、家族となる者との出会い。
頼りになる実力者や友との出会い。
そして、本来はなかったはずの、とある場所への招致。
禍《わざわい》を転じて福となす、とはこのことだろう。

この事件の黒幕が明らかになるのは、遠い未来の話である。
真実を書くのは、その時代に触れる時に譲ろう。

〈ヴェルミリオ大陸裏史〉　第一部　第三章　六節より抜粋

〈ファタリタ正史〉


この時期の賢者ロモロに関する逸話が極めて少ないことは前述したとおりだ。

ただそれは誘拐事件以降、賢者がかの地に勧誘されるまで、平和であったからとも言える。

筆者が賢者と友誼《ゆうぎ》を結んだのもこの時期であり、賢者の神子を賢者の神子たらしめる理由を目の当たりにしたのもこの時だ。

大事なことをいくつも教わった。

こうして正史を編纂《へんさん》しているのも、賢者に築いてもらった土台があればこそだ。

もし、この時期の筆者がこの後の未来を知っていたのならば、もっと賢者に教わりに行っていただろう。『賢者の四肢』のひとりとして、もっと高みへ上れたように思う。知己もまた同じ思いだったに違いない。


勇者と賢者が街を去る時が、近づいていた。

ふたりは一歩を踏み出す

夜のうちに大量の雪が降ったようで、街は朝から一面銀世界となっていた。

雪が積もると子供たちの仕事は切り替わる。薪拾いはできないし、罠《わな》は動物たちが冬眠してるしね。

僕らの仕事は雪かきだ。目抜き通りの雪を退けるのと、屋根に上って雪を落とすのだ。

あと、冬場ならではの食糧探しもあるのだけど、これは森に雪が積もってしばらくしてからの話だ。


「いいいいいいいいいいいいいいいいいやっほうううううううううううううう！」

「ヒドい浮かれようだ……」


お姉ちゃんが雪上を走り回り、浮かれていた。

嬉しそうに奇声をあげている。

精神年齢十七歳だと考えると怖い気もする。

幼児退行というか、子供に戻っているというか……。

「雪だよ、雪！　積もったよ！」

「毎年のことなんでしょ？　別にそんなにはしゃがなくても」

「うーん。それがねぇ。あたしが勇者になった年以降、雪が積もるほど降らなくなっちゃったんだよね」

「へ？」

「お偉いさんが言うには、そういう時期が来たって話らしいけど」

「また随分と驚きの情報が……二年後から天候が大きく変わるってこと？」

「なんだったかな……温暖期とか、そんなことを言ってたような」

「過去に似たようなケースがないか、調べておいた方がいいかもね」

そんなことを話していると、お姉ちゃんの友人たちが集まってくる。

トーニオ、フェルモ、フランカたちが、少し遅れてアダーモとジーナも合流する。

あっという間にいつもの六人組のできあがりだ。

「おう。モニカ、ロモロも。さっさと終わらせちまおうぜ」

「昼までには終わらせたいですね」

「だよねー」

全員が全員、先端が広がった木の棒を持っていた。

この先端で雪を払っていくのだ。

「屋根に上るやつ決めよーぜ！　銅貨の表裏、当てた方が屋根な！」

トーニオが銅貨を投げると、空に向かって回りながら上り、そして落ちていく。

手の甲で受け止め、即座にもう一方の手で塞いだ。表裏のどちらが上になったのか、動体視力がよほど化け物じみていなければわからないだろう。

この街ではスタンダードな順番やグループの決め方と言える。

最終的にトーニオ、フランカ、お姉ちゃんが屋根の上。

アダーモ、フェルモ、ジーナが下だった。

僕はそもそも屋根に上りたくもないし、木の棒もないので特にやることがない。

少しみんなのお手伝いをする程度だ。雪を落とす時に周囲に注意するとかね。

「えいやっ！」

お姉ちゃんがハシゴを使って屋根に上ると、せっせと屋根の雪を集めていく。

高いところにいるのに、怖くないのかな。三階建ての建物なのに。

トーニオやフランカも意気揚々と屋根の上で動いている。

そういえば、馬鹿と煙は高いところに上る……みたいな、要するに馬鹿は自分から危険に近づくという言い伝えがあったような。

「今から雪を落とします。危ないですよー。……お姉ちゃん、いいよ」

「よーしいくよっ！」

下にいる僕の安全確認を聞いてから、お姉ちゃんが屋根の雪を大量に落としていく。

「よーし。次のとこ行こう！」

「オレたちの担当はあと三つだ」

お姉ちゃんたちは屋根から降りて、また別の建物に向かう。

「はー。上は楽しそうだなぁ」

「よくよく考えると、屋根の上担当は分け合う方がいい気がするのですけど」

「ま、まあまあ、雪かきなんて、これからもまだやる機会はあるし……」

地上にいるアダーモたちは少し不満そうだ。

ふと疑問に思って、ジーナに尋ねる。

「ジーナも高いところ、上りたいの？」

「そ、そうだね。屋根の上って、いつもと景色が違うから楽しいんだよ」

「雪かきの時でもないと、屋根に上ってたら怒られるしなー」

アダーモが補足してくれる。いつもと違う景色か。

確かに高いところからだと、遠くまでよく見えるしね。歩哨《ほしょう》は重要だ。

お姉ちゃんたちは、そういうのも意図して鍛えてるのかな。

「よーし、屋根の雪下ろし終わりっ！　あとは目抜き通りの雪かきだけだね！」

こうなると、もう僕の仕事はない。僕個人の木の棒があればいいんだけどね。あるいはお姉ちゃんが疲れたら貸してもらえるけど、お姉ちゃんは疲労した様子を見せない。

けど、家の中にいると、お母さんが外で遊びなさいとうるさいのだ。

雪が積もってるというのに……。まあ、もう本は全部読めたからいいけどさ。

「あ、あの……」

「ん？」

いつの間にか、傍に四人の子供たちが来ていた。男子がふたり、女子がふたりだ。

この区画――東地区の子供じゃない。見慣れない顔ばかりだけど、この顔はしっかりと記憶に刻まれている。

僕と一緒に誘拐された子供たちだった。

「こんにちは。どうかした？」

「ま、まだお礼を言ってなかったと思って。ありがとうね」

「……僕、何もしてないけど。やったのは、全部、あのお姉さんだし」

そういうことにしておくのが一番無難だ。

実際に自分だけではどうにもできなかった可能性もあるし、僕自身も目立ちたくはないし。

「でもでも！　偉い人たちと色々お話ししてくれたし」

「そうなのー。お礼言いたかったのー」

「ずっとよくわからないままだったけど、ようやく飲み込めてきたっていうか……」

矢継ぎ早に言い立てられる。

まだ誰が誰かもわからないのに。

「自己紹介しようか。僕はロモロね」

元気そうに手を挙げる勝ち気そうな少女が、「あ、あたしはクローエ！」

ほんわかした表情でゆったりとした少女が、「わたしー、ルチアー」

トーニオを小さくしたような短髪の少年が、「オレ、ロッコ」

この街では珍しい、眼鏡をかけた少年が、「ぼく、シモーネです」

「あたしたち、何もできなかったけど、ロモロはずっと色々としてくれたよね？」

「そうそうー。指示してくれたりー、先に歩いてくれたりー」

「オレ、ホントに何もできずに泣いてただけだぜ。恥ずかしいったらねーよ」

「あのままだったら奴隷にされてたって聞いて、本当に怖かったんですよ」

「だから、あたしたち、お礼を言いに行こうって四人で決めたの！」

どうやら、この四人は西地区で普段から仲良くしていたらしい。

お礼を言ってくれるのは嬉しいけど……。

「僕も別にお礼を言われるようなことはしてないんだけど……」

「そんなことないよ！　あたしたちが助かったのはロモロのおかげだから！」

「せっかくだからー、ロモロとー、わたしたち仲良くなりたいなーって」

「なあ、ロモロは普段、どんなことしてるんだ!?」

「とても頭がいいと聞いてます！　どんなこと知ってるんですか!?」

ぐいぐいくる。同年代の子は、東地区にはほとんどいなかったから妙に新鮮だ。

うーん。どうせだし、あのことを聞いてみようか。

「言いたくなかったらいいんだけど、どんな場所でどんなふうに攫われた？　僕は街外れにいたら、後ろからガバッと捕まえられた感じだけど」

「あたしも捕まえられた時はそんな感じだったよ。薪拾いでひとりになった時かな」

「わたしはー、細い道に入ったらー」

「オレもそうだな。暗くなったと思ったらいきなりやられたぜ」

「ぼくは朝方、まだ少し暗い時にひとりになったところを……」

さすがに目につく形ではやらないか。

そして、全員同日だった。あのお姉さん、本当に手際がよかったんだな。

「それがどうかしたの？」

「いや、僕らが攫われる理由があったのかなって」

「どーなんだろー？」

「何にせよ、これからひとりになるなって言われたからな」

「それで東地区にいるロモロは、お姉さんがいない時はひとりの時が多いと聞いて」

相互監視の関係になることを提案してきたわけか。

ありがたいはありがたいけど……ひとりになる時間が減ると魔法の訓練ができなくなるんだよな。

ただでさえ、お父さんからもひとりになるなと言われているし。

……この四人に魔法を教えて、一緒に訓練するか？　いや、さすがにマズい気がする。

「でも、ロモロって頭いいよなー。本当に。うちの父ちゃん、ずっと褒めてるんだぜ」

「ロッコのお父さんって……」

「ああ、この街の兵長なんだ。エットレって言うんだぜ」

「おー。そうだったんだ」

「どうすればそんな頭がよくなるんですか？」

シモーネの質問を皮切りに、一斉に身を乗り出して、顔を近づけてくる。

頭がいいかどうかはともかく、彼らは単純に読み書きができることを、頭がいいと勘違いしている節がある。

「本を読めば、知識は増えると思うけど」

「つっても、オレら文字が読めないし、書けないしなぁ」

「それに本なんて高くて買えないし」

「文字自体はそんな難しくはないよ。僕にも教えられると思うし」

「ほんとー。教えてほしいのー」

……あ、しまった。安易に面倒事を背負い込んだ気がするぞ。

「あ、いや……教えられるとは言ったけど、僕自身が教えるような立場じゃなくて……。まだまだ教えを請う立場というか……」

「だめ……？」

四人が一様に残念そうにしてしまっている。

一度期待させてしまった分、落胆も激しいかもしれない。

「ちょっと待って」

何かの本で教えることでわかることもあるみたいなことも書いてあった。

それに……上手《うま》くみんなが文字を読めるようになってくれれば、僕が助かることも多いかもしれない。みんなが本を読めれば、デメトリアだけじゃなく感想も言い合える。

デメトリアの本を又貸ししていいか、という問題はあるけど……ここは少し相談してみよう。そもそも、みんながどこまで本気かもわからないしね。

「いいよ。それじゃやろうか。明日からでもいいけど」

「それでいいよ！　やったぜ！　楽しみだ！」

四人が四人とも嬉しそうにしてくれる。

僕の都合が多分に入ってるけど、少しの時間、文字を覚えることに使うことは問題にはならないだろう。

まだ僕らは本格的に仕事をもらう立場じゃないしね。

「お。ロモロが何か大勢引き連れてんな」

「これなら、アレができるかもしれないね」

いつの間にか雪かきが終わったトーニオとフェルモがこちらにやってくる。

お姉ちゃんたちも交えて、六人がこちらを期待した眼差《まなざ》しで見ていた。

「よし、ロモロ。みんなで雪戦やろう」

「え？　いきなり何を言ってるの？」

フランカに言われて、一瞬耳を疑う。

すると、こちらの年少組たちは顔を見合わせた。

「雪戦ってアレだろ？　相手の立てた木の棒を奪えば勝ちってゲームだろ」

「丸めた雪玉をぶつけると相手は一時的に戦力外になって、味方の棒を触るまで復帰不可能で、触ってからも六十数えるまで復帰できないんでしたね」

そんな単純な遊びである。ただただ、疲れる。

「いいんじゃない？　やろうやろう」

「久しぶりですね。面白そうです」

「じゃあ、年長組と年少組で分かれる感じかな……？」

アダーモやフェルモまで乗り気だ。

ジーナなんか勝手に組み分けまで決めている。

「いいぜ、兄ちゃんたち！　オレたちは負けねーぞ！」

「ぼくらの区画の実力を思い知らせてあげますよ！」

「がんばるー」

ああ、ついさっきできた友人たちも、血気盛んだ。血の気が多い……。

そもそも僕らとトーニオたちじゃ、体力が違いすぎるのに。

まあ、別に負けたところで何かあるわけでも――。

「負けたら罰ゲームな！」

トーニオの言葉で、年少四人組が石像のように固まる。

僕の顔も引《ひ》き攣《つ》った。さすがに看過できない。

「ちょっと待ってよ！　それはズルい！」

「ズルくねーよ。罰ゲームなきゃ面白くないだろ。はい、決まりー」

嫌な記憶が蘇《よみがえ》る。

僕はお姉ちゃんに近づいて、小さな声で尋ねた。

「お姉ちゃん。去年のこと覚えてる？　お姉ちゃんで言えば八年前って話になるけど」

「え……。えーと。なんだっけ？」

「この雪合戦での罰ゲームで、僕を雪人形にしたことだよ……」

「そ、そんなことあったっけ？　む、昔のことだし……」

「ふーん。忘れるんだ。忘れてるんだ。ふーん。昔のことなんだ、ふーん」

「ろ、ロモロが怖い!?」

去年、雪人形の中に押し込められた罰ゲームは忘れないぞ。動けないし冷たいしで、泣きそうだったんだ。

お姉ちゃんにとっては八年前で遥か昔の記憶かもしれないけど、僕にとっては僅か一年前の記憶だ。

「わかったよ。受けて立つよ。木の棒はお姉ちゃんのを使うから貸して。ただし、準備があるから三十分後ね！　行こう、クローエ、ルチア、ロッコ、シモーネ」

「よーし、あたし、頑張るから！」

「いえー」

「目に物見せてやろうぜ！」

「何か作戦があるんですね？」

去年、何もできずにやられた雪辱もあるのだ。そのために温めておいた幾つかの秘策はある。

絶対に罰ゲームを回避してみせる。

「じゃ、こっちは誰かひとり抜ける感じだな」

「あ、じゃあ、僕が抜けるよ。審判やるね」

「おう、頼んだ、フェルモ」

お姉ちゃんが、自分の木の棒を渡すために近づいて、耳打ちしてくる。

「ロモロ、魔法は使わないようにね」

「……試合中に使うほど、非常識じゃないよ」

木の棒を受け取りながら、そんな約束事を取り決めていった。

試合開始は夕方の鐘と同時に決まった。

僕は四人を引き連れて、目的の場所に向かう。

その道すがら、他の住民に木の棒を借りれないか交渉していった。

「おじさん、雪かき終わったなら、貸してもらえません？」

「ロモロか。珍しい。雪合戦にでも使うんだろ。いいぞ。折らないでくれよ」

「ありがとうございます」

そんな感じで五本ほど入手した。

うちの地区のおじさんやおばさんは優しい人が多いね。

「ロモロ、そんなんどうするんだよ」

「相手の取るべき棒を偽装するんだ。幾つか適当な場所に立ててもらえるかな」

「わかったー。どこでもいいの？」

「目立たないところにお願い」

「基本ね。ロモロ、なかなかあくどい」

「相手の取る棒を、偽物と混ぜてはならないなんてルールはないからね」

そもそも細かいルールなんて何もないのだ。

相手が立ててある木の棒を取る。雪玉に当たったら自分たちの棒まで戻って六十数える。

これだけである。他は何をしようと自由なのだ。

「僕らは体力的に圧倒的に不利だからね。だから、たくさん小細工をしていくよ」

「いいですね。ぼく、そういうの好きです」

「男らしくねーとは思うけど、さすがに不利なのは間違いないからな」

そんなわけで雪合戦が、突発的に始まった。

罰ゲームなんて、冗談じゃないからね。今年は勝つよ。

だいたいの準備は終了した。

と言っても、準備はこちらだけがしている。そもそも向こうはこっちが何を準備していたのかまったく知らないだろう。本来、そんなことをするような遊びではない。

だが、罰ゲームを回避するには、こちらも手段を選ぶわけにはいかないのだ。

油断して、こちらに準備をする時間を与えたことを後悔するがいい。

「さっき聞いた中だと、この中で一番足が速いのは、ロッコだったよね？」

「おう。足なら自信がある。雪の上でだって誰にも負けねーぜ。何すりゃいいんだ？」

「えーと、こんな感じに走り回ってほしいんだけど、覚えられる？」

雪を退けて、下の地面に枝でガリガリと舞台となる街の東地区の一部、その概略図を描く。

ここがそのまま今回における雪合戦の範囲だ。

丁度、目印となる四つの建物を基点に、８の字になるように進路を描く。

「それだけでいいのか？　雪とか投げなくていいのか？」

「できれば何人かをおちょくるような感じで投げて。トーニオとフランカ……あの短髪のやつと、長い髪で勝ち気そうなお姉さんね。あのふたりに『ションべん漏らし！』って言ってやれば、絶対に怒って追いかけてくるから。適当に反撃しながら逃げて」

「おし、わかったぜ！　何だあのふたり年上なのに、まだ漏らしてんのか」

続けて、クローエへの指示だ。

「クローエは僕のお姉ちゃん……赤髪の人を引きつけてほしいんだ。基本的に年下の女の子には甘いから、本気で投げてこない。のらりくらりと雪玉を躱《かわ》しながら、適当に逃げ回って。ただし、さっきアレを作ったここの道には入らないでね」

「わかった！　でも、上手くできなかったらごめんね」

「大丈夫。とにかく雪玉を当てて勝とうとしないこと。あんなでも身体能力は高いから」

そして、ルチアとシモーネに向き直る。

「ふたりの目的はどっちかが旗を取ることだね」

「でも、相手の棒はどこにあるかわかりませんよ？」

「大丈夫。お姉ちゃんたちの思考を考えれば、ふたつに絞られるから。あの六人は逃げも隠れもしないタイプだしね。おそらく、こっちか、ここ」

地図でその場所を指し示す。

東区画ではふたつとも広い場所だ。ここに棒を立てているだろう。

「ふたりはそれぞれ、このふたつに向かってもらうよ」

「問題は棒のある広場は見通しがいいから、見つかりやすいってことだね」

「ルチア、走るの自信ないー」

ルチアは少し不安そうに、俯《うつむ》いている。

「大丈夫。シモーネもルチアも走らなくていい。ただ、こんな感じで動いてもらえるかな？」

先ほどの概略図に、シモーネとルチア、それぞれのルートを書き込んでいった。

「できる限り、誰にも見つからずに隠れて進んでもらうことになる」

「いや、ロモロ……。それは難しいです……」

「だから、シモーネ。それにルチアも。一気に進まないでほしいんだ」

借りてきた鍋と、お姉ちゃんの作った固い木剣を見せる。

木剣で鍋を叩《たた》くと結構いい音が響いた。思いっきり叩ければこの近くぐらいならギリギリ聞こえるだろう。

「この音を合図にふたりは曲がり角で必ず止まって、傍で身を潜めてくれ。で、この音が一回鳴ったら、次の曲がり角まで進む」

「なるほど。隠れて進みやすい状況で鳴らしてくれるんですね」

「うん。これは僕が責任を持って鳴らす。クローエやロッコの状況を見ながらね」

「はーい。わかったー」

「それで、広場に棒が立ってなかった方は、その場で叫んでほしい。そうだね。『木の棒見つけた！』って大きな声で。その嘘にひとりでも引っかかれば御の字だね」

「ふむふむ」

「で、そこからは無言だった方――木の棒がある方に全員突き進むこと」

そして、もうひとつ。

「クローエとロッコは、この鍋の音が短い間隔で三回連続で鳴ったら、あの道に向かって。これは一度きりだね。で、そこでしこたま雪玉をぶつけてやって」

「ちゃんとやり返せるんだ！」

「おーっし。わかった！」

「とにかくふたりは目立ってほしい。何なら全員引きつけてもいいしね。最後に鍋の音が何度も鳴ったら、木の棒がある方に突撃ね」

ひととおり、指示を終え、あとは鐘が鳴るのを待つばかりだ。

ひとつ、深呼吸をして寒い空気を感じた瞬間——ゴーンと高らかに鐘の音が鳴り響いた。

雪合戦、開始だ。

「おっしゃ！　守りは頼んだぜ、ロモロ！」

「ロモロの言うこと、ちゃんと守るからね！」

逃げ回る役のロッコとクローエが、獣のように俊敏に飛び出した。言うだけはある。

次いでシモーネとルチアが息を潜めるように、コソコソと歩いていく。

四人とも、しっかりと僕の意図を汲《く》んでくれている。ありがたい。

少ししてから、ロッコが対象のふたりと接敵したらしい。

「ションベン漏らし！　年上なのに！　いつまで漏らしてんだよ！」

「てっ、てめぇどこでそれを!?　ロモロだな！」「ひ、秘密にしてたのに！」

という、やり取りが聞こえてきていた。

壁と壁の隙間から見えるラインから、ロッコが逃げる姿と、それを追いかけるトーニオとフランカ。いい案配だ。

それからクローエとお姉ちゃんも相対したようで、微かにふたりの声が聞こえてくる。

本気じゃないお姉ちゃんの雪玉なら、クローエなら避けられるだろう。

今なら問題ない。僕は鍋の音を鳴らした。

これでシモーネとルチアは動いてくれるだろう。

「ロモロくんみーっけ！」

「ジーナ……！」

雪玉を投げつけられる。僕は慌てて曲がり角に待避した。

立てた木の棒が完全に曝《さら》け出《だ》される。

「よーっし。もらったよ！　簡単に終わっちゃったね」

ジーナは疑うことなく、木の棒を手に取った。

しかし——。

「あれ？　太さが違う!?　モニカのじゃない!?」

五本のうち、四本はダミーだ。それ以外は取ってもルール上、無効である。

そんな油断したところに、僕は雪玉を投げつけた。

ジーナは避けることもできずに当たる。

「はい。ジーナは自陣に帰ってね」

「うう。騙されたぁ」

トーニオとフランカはロッコとクローエに引き寄せられているし、ジーナは今、戦力外。ということは、おそらくアダーモが木の棒を守っているのだろう。

もう一度、鍋を鳴らす。ジーナが戦場にいないここはチャンスだ。

そして、僕も木の棒が立っている別の場所に移動する。

「きゃあっ！」

と、クローエの悲鳴が聞こえた。雪玉をぶつけられたのだろう。さすがに本気じゃないとはいえ、お姉ちゃんをひとりで抑えるのは難しいだろうからね。

クローエがこちらに戻ってきて、次いでお姉ちゃんが雪玉を持って、僕の目の前に飛び出てきた。

「ロモロッ！　その木の棒、もらうよっ！」

「どうぞどうぞ」

僕は自ら身を引いて、まるで負けを認めたかのように木の棒から離れた。

さすがにお姉ちゃんも警戒している。無防備だからな。

じーっと僕から目を逸《そ》らそうとしない。

こっちとしては僕がお姉ちゃんを引きつけるのでもいい。

「……その木の棒、あたしのじゃない！」

「どうかな？　お姉ちゃんの棒を削ったかもしれないじゃない」

「えっ……。あっ、そうか！　狡《ずる》っ辛《から》いことして！　あの黒ずくめみたい！」

「言ったじゃん。戦争は嫌がることをしてこそだって」

雪合戦である。これは戦争なのだ。

お姉ちゃんは木の棒を無視できない。

そして、多少時間を稼げれば――。

「それっ！」

時間が経過し、復帰したクローエが雪を投げつける。

雪玉は、僕に集中していたお姉ちゃんにあっさりと当たった。

「くうううっ」

「ありがと、クローエ」

「どういたしまして！」

とはいえ、クローエが復帰してるってことは、もうとっくにジーナも復帰している。

さて、これで完全に騙せただろう。この木の棒はお姉ちゃんのもので取られていたら負けだった。

騙すために傷を付けたけど、傷を付けちゃいけないともルールにはないし。

そんなわけで、また鍋を鳴らした。また、ひっそりとふたりが進んでいるだろう。

これであと一回鍋を鳴らせば、どっちに木の棒があるかわかる。

「クローエ。ロッコに加勢してあげて。少ししたら三回鳴らせると思うから」

「わかった！　行ってくるね！」

四人が僕の指示に疑いを持つことなく動いてくれる。

その信用が何となくむず痒《がゆ》い。

でも、嫌な気分ではなかった。

「よしっ！」

クローエが復帰してから数秒経過し、頃合いとなる。

鍋を三回叩いて鳴らした。いい音が響き渡る。

僕も例の地点に向かって走った。

特に何の変哲もない建物と建物の間の細道だ。

そこにまずはロッコが入る。何かを避けるようにジャンプしながら。

そして、続けてフランカとトーニオがそれを追いかけた。

普通に走っている状態だ。

ふたりは氷を踏んだように滑り、足を取られたようにすっころぶ。

「ふぎゃっ！」「はえ!?」

何が起こったのか理解できないようだ。

「な、なんでこんなところに、枝が輪っかになって刺さってんの!?」

フランカが足下を見て、驚いている。

この細道は予め、お湯をばらまき、ある程度凍らせてあった。

雪道にお湯を中途半端に撒《ま》くと、ある程度は溶けるが、ふたたび雪が固まり滑りやすくなる。

本の知識はこういうふうに活《い》かすのだ。

お湯をどこから用意したか？　僕がみんなに内緒で魔法で作りました。

試合中は使わないと言っただけで、準備中に使わないとは言ってない。

このぐらいはハンデとして許してほしい。

溶けかかっている雪に細い枝の半分を輪っかにして、端を突き刺したものだ。転ばせるために作った古典的な罠。

森の中や草原でかける草結びの亜種である。こういう時でしか使えない代物だ。

この作業が一番堪《こた》えた。みんな、手が悴《かじか》んでいたしね。

で、目印を付けておいて、罠にかからないポイントに、木屑を置いておいた。

丁度、ジャンプしないと届かないぐらいに。

「クローエ、ロッコ！　行くよッ！」

細道の向こうからやってきたクローエ、その横にいるロッコ。そして、いまさっきやってきた僕とで挟み込む。

立ち上がろうとしているフランカとトーニオに、僕らの雪玉はあっさり当たった。

即座に僕は鍋を一回、鳴らす。

「木の棒、見つけたー!!　見つけたよー！　ここにある！」

少ししてシモーネの声が響いた。

「なにっ!?」

「まっず！」

トーニオとフランカが焦る。だが、ふたりは今ゲームから除外されている。焦ったところでどうしようもない。

僕は鍋をガンガンとけたたましく鳴らした。

「行くよ、ロッコ、クローエ！」

「おーしっ！」

「はーいっ」

シモーネの方ではなく、ルチアが狙っている広場へ向かう。

「そっちは――やべぇ、ジーナ！　声がした方に行くな！　罠だ！」

まだ復帰していないトーニオが叫ぶ。これはこれでズルい気もするが、復帰前の人間が助言してはダメってルールもないしね。

でも、もう遅い。

三人で木の棒が立っている広場に突撃。

木の棒を守るようにアダーモが立っている。

アダーモに雪玉を投げつけるが、なかなか手強《てごわ》く当たらない。

しかし、距離を取っているからアダーモの雪玉も当たらない。

「甘いッ！　ここは通さないし、木の棒は渡さないよっ！」

「今だッ、シモーネ！」

「何ッ!?」

僕は左を向いて、アダーモの意識をそちらに向けさせた。

もちろん、そこには誰もいない。

逆からは堂々と、ルチアがてくてくと歩いている。

「馬鹿ぁっ、アダーモ！　逆だよ！」

フランカが悲鳴のような叫びをあげるが、

「とったー」

アダーモの背後まで近づいたルチアが、場違いなほどのんびりとした声を出して、木の棒を取り、掲げた。

間違いなくアダーモの棒であり、向こうチームの棒だ。こちらの勝利である。

「勝ったの？」「勝ったよな？」「勝ちましたね」「かったー」

四人が少し信じられないように戸惑っていた。

割とあっさり、勝負がついたからね。

「いやいやいやいやいや、ズルいだろ！　棒を複数用意するとか！」

「なんか変な罠も仕掛けてたし！」

トーニオとフランカがいちゃもんをつけてきた。予想はついてたけど。

「そもそもズルいのは、年上なのにハンデもくれなかったことでしょ。年下相手に大人げない」

「うぐっ」

「第一、お姉ちゃんたちは毎日のように訓練だってしてるんだから、こっちと体力は雲泥の差でしょ」

「ううう……」

「マティアスさんの訓示でも言われてたよね？　観察力を養えって。注意深く見てれば、あの罠だって気付いたはずだよ。下を見れば丸わかりなんだから」

ふたりは揃って決まりの悪い顔になっている。

「ロッコの挑発に乗ったのもどうかと思う。狙いがあるって思わなかった？」

「まあまあ、ロモロ。その辺で」

「お姉ちゃんも変なところで度胸が足りないよね。あそこで取るのを躊躇《ためら》った棒は、お姉ちゃんのやつだよ」

「えっ!?」

「ちょっと知らない傷がついてるからって、違うものと判断するのは早すぎるんじゃないかな。そもそも取ってもデメリットはないんだから、取らないと」

そう言って僕はフェルモに向き直る。最後は審判の言うべきことに従おう。

「ま、まあ、ルールを破ったわけじゃない……っていうか、大してルールなんてないし、ロモロたちの勝ちだね」

これで正式に勝ちだ。

ロッコたちが手を合わせて喜び合う。

「ほら、ロモロも！」

そんな儀式に僕もクローエに腕を掴まれ、無理矢理参加させられた。

でも、悪くない気分だ。

上手いこと、策略も決まったしね。

「さぁて、どんな罰ゲームを受けてもらおうか」

「ああ、俺も男だ！　どんと来い！」

「アタシも覚悟決めたから！」

トーニオとフランカが威勢がいい。

そして、年少組五人で話し合った結果、罰ゲームは決まった。


雪合戦の罰ゲームは、西地区の雪かきということになった。

西地区に住むロッコたちが担当する地上部分は終わっているが、西地区は屋根の雪降ろしがあまり進んでいないらしい。

そこで相談の結果、お手伝いになったというわけだ。昼ご飯を食べ終わったら、さっそくやってもらうことになるだろう。

「ロモロはそれでいいの？」

「いいんだよ。お姉ちゃんたちに意趣返しできたからね。それにロッコやクローエ、ルチアにシモーネが僕の言うことを信じてくれたからこその勝利だから」

「ロモロー、すごいー」

ルチアが平坦《へいたん》な声で褒めてくれる。それでもルチア的には最大級の賞賛らしい。僕の周りではあんまり見ないタイプの子だな。

「じゃ、そろそろ昼ご飯食べに帰るわ。明日から文字、教えてくれよな!」

「楽しみにしてるから!」

「おー」

「では、また明日! 明日、とっておきの場所に連れていきますから!」

ロッコたちが去っていく。周囲が一気に静かになった。どことなく寂寥感《せきりょうかん》を覚える。

お祭りが終わった後みたいな……。

……とっておきの場所って何だろう。期待と不安が入り混じる。

まあ、僕らもひとまず家に帰るか。

「ほら、お姉ちゃん、一旦帰ろう」

「んー」

帰路につきながらお姉ちゃんは難しい顔をしていた。

「なんで負けたんだろうなぁ」

「まだ言ってるの。お姉ちゃんたちが、こっちの意図をまったく把握してなかったからだよ」

「マティアスさんの言う、観察力ってやつ?」

「そうだね。そもそもシモーネやルチアの姿を見てないことにも疑問を持つべきだった」

「言われてみれば……全然、見てなかった……」

「攻撃することばっかりに意識がいってて、目的を忘れてるってことかな。雪玉を当てたりするのは手段なんだよ。そもそも木の棒を取るゲームなんだから」

それでも納得がいっていないのか、お姉ちゃんは口を尖《とが》らせる。

「むー。黒ずくめにやり込められたような気分……」

「ある意味、褒め言葉だよ。僕にとっては。そもそも相手の嫌なことをやり続けるのだって簡単ではないんだからね。前準備だっているし、常に情報を入手して、適宜適切な手を打つ必要がある」

「それはわかってるけど……。なんだか複雑」

「幾多もの情報から相手の急所を見つけ、そのために必要な手段を精査しなきゃならない。言うのは簡単だけど実行は難しいよ。判断を誤れば状況は刻一刻と悪化するのだし」

「次は絶対に負けないからね！」

「せめて次は公平なチーム分けでね」

家に到着し、自分たちの部屋の中に入ると、来客が待っていた。

「ロモロ！　会いたかったわ」

「ああ、デメトリア。よく来たね」

商人のヴァリオさんと、娘のデメトリアが座ってお母さんの相手をしている。

お父さんも今日は午前中で仕事を切り上げてきたらしい。

すでに昼食がテーブルに並べられていた。

「おっ、丁度いい時に帰ってきたな。そろそろ昼飯だ」

「お帰りなさい。モニカ。ロモロ」

「お邪魔してますよ」

「いらっしゃいませ、ヴァリオさん」

軽い挨拶を交わしてから、一緒に昼ご飯にありつく。

そして、すぐさま誘拐の話題になった。

「本当に最初は森で遭難したのかと思ったら、誘拐されたと聞いて……倒れるかと思いました」

「それは災難でしたね。最近は盗賊が子供を誘拐する事件も多くなってきましたから、気をつけないといけないでしょう」

そんなお母さんとヴァリオさんの会話を聞いてから、お姉ちゃんに耳打ちする。

「……こんな話あった？　誘拐事件の多発って」

「……覚えてない」

「子供の誘拐が増えてきたという情報は覚えておこう……」

お姉ちゃんは自分に関係のない話は覚えてなさそうだしな。

食事が終われば、大人と子供で分かれて話をする。

お姉ちゃんは、約束どおり罰ゲームのために西地区に行った。

「さて、今回の本五冊ですわ。ご要望どおり、貴族に関する話や国の成り立ちの本を持ってきました。一番、よさそうなものを持ってきましたわよ」

「ありがとう、デメトリア。本当に助かるよ」

「それと、頼まれていた紙も持ってきましたわ。一番安い麻の紙ですけど、問題ないですわよね？　さすがに羊皮紙は高いですから」

「うん。書ければいいからね。ありがとう」

「その『書く』ですけど……どうするつもりなんですの？」

「あ……」

しまった。完全に失念してたぞ。

紙だけあっても、インクとペンがなきゃ、何も書けない。

「そうだった。……ごめん、うっかりしてた」

「そういうことだと思って、ちゃんとインクとペンも持ってきましたわよ」

「はは。さすが、デメトリア」

「でも、ただでは差し上げられませんわ。対価を用意しているといいましたが、見せてもらえますか？」

「うん、もちろん。デメトリアのために用意したからね」

今日の朝に、父さんから受け取ったものを取り出す。

冥石をつけた細い腕輪だ。

「こ、これ、冥石でしたわよね？　どこで？」

「あー。最近この街にマティアスさんがいてね。前にその人から訓練の報酬ってことでもらったんだよ」

「ああ、あの方に……それで、この冥石を腕輪に。いいですわね。お洒落《しゃれ》ですし」

「細かな飾り彫りはお父さんがやってくれたんだけどね」

お父さん曰《いわ》くサービスということだけど、かなり綺麗な模様が彫られていた。

片手間でやれるようなもんじゃないと思うけど、ありがたい話だった。

デメトリアの嬉しそうな顔が見られたしね。

「僕も同じものを作ってもらったんだ。これでお揃いだよ、デメトリア」

そう言うと、デメトリアは少し悲しそうな顔になった。

……あれ？　お揃い嫌だったかな。

「ロモロ。これが対価となると受け取れません」

「えっ、なんで？」

「……お揃いなのであれば、わたくしは、これをプレゼントとしてほしいのです。初めてのプレゼントで……それが対価では味気ないでしょう……」

「あ……。うん、そっか」

デメトリアは腕輪を寂しそうな表情で見つめている。

ふと見ると、お母さんが気まずそうな顔をしていた。

仕方ないよ。お母さんはデメトリアに渡すってところしか、たぶん聞いてなかったと思うし。

「うん。じゃあ、これはプレゼントにするよ。いつも本を貸してくれるお礼だね」

「うふふ。そういうことでしたら、ありがたく受け取りますわ」

「でも、そうなると紙とかはどうしようか。今すぐに渡せるものはないんだけど……」

「いえ。それには及びませんわ。わたくしもこのペンを、ロモロにプレゼントいたします」

「ペンを？」

「紙とインクはおまけですわ。ペンがあるのに、インクも紙もないのでは、書き心地も試せないでしょう？」

結局、これは対価みたいなものになるのだけど……。

でも、デメトリアにとっては、プレゼントという形式で交換することが大事だったのだろう。

言葉遊びのようだけど……でも、こういう建て前というのは大事な気がする。

それが傍《はた》から見たら、滑稽なのだとしても。

「うん。ありがとう、デメトリア。そのペン、しっかりと使わせてもらうよ」

「ええ。わたくしだと思って、大事にしてくださいまし」

それとついでに、本の又貸しをしても問題ないか聞いてみたら、意外にも許可をもらえた。

「ロモロの信用に足る相手であれば問題ありませんわよ。ロモロもすぐ近くに本を語り合える相手がいた方がいいでしょう？　もちろん、汚したり紛失したりしたら責任をとってもらいますけどね」

責任ってどうとればいいんだろうね……。

なんにせよ、大事に扱おう。

どっちにしろ、みんなが本を読めるようになってからの話だけど。

鐘が鳴り響く。そろそろ夕方に差しかかる時間帯だ。

ヴァリオさんとデメトリアも腰を上げた。話も終わり、そろそろ帰るらしい。

デメトリアはさっそく腕輪を付けていた。僕もである。

お互いに少し気恥ずかしいけど……嬉しい気持ちの方が強いかな。

「それじゃ、また来月。もしかしたら、再来月かな？」

「雪がこれ以上ひどくならなければね。どっちにしろ、次に会うのは来年だわ」

「身体に気をつけてね、デメトリア」

「ロモロもね。風邪引けば本が読める、なんて喜んではダメよ」

「風邪の程度にもよると思うけどね」

部屋から、さらに建物の外でデメトリアを見送ろうと冬空の下に出た。

ヴァリオさんたちが最後の別れを終えて帰ろうとした時――。

「よっ。誘拐された時ぶりだな」

妖艶な美女がいた。

生憎《あいにく》とこの姿の女性は僕の記憶にはない。

ただ、あの琥珀色の瞳には覚えがあるし、忘れようもなかった。

暗殺者のお姉さんだ。今日は随分とめかし込んでいる。別人のようだった。

「ロモロ。どなたかしら？」

「えーっとね。僕が誘拐された時に、盗賊から助けてくれた人だよ」

デメトリアの問いに、そう紹介するとお姉さんは少しだけ額をピクピクさせた。

やっぱりそういう英雄的な紹介は本人が言ってたように虫酸が走るようだ。

「まあ。ってことは、命の恩人の方じゃないですか！　本当にありがとうございます」

お母さんがお姉さんに近づこうとすると、お父さんが腕で制止した。

よく見ればヴァリオさんもデメトリアを守るように立っている。

「……お前さん、かなりの凄腕《すごうで》だな」

「……銀級のアーロンにヴァリオ相手じゃ、正面からじゃとても敵《かな》わんがね」

「ハンターだったのはかなり昔なのですが、こちらをご存じでしたか。……なるほど、正面からは、と。それでは別の方法があると？」

お父さんとヴァリオさんが、お姉さん相手に警戒していた。

やっぱり気配とか立ち居振る舞いで、暗殺者だってわかるもんなのだろうか。

「そんなに警戒しなくてもいいっての。オレは雇われに来たんだからな。そこのロモロ君の紹介で」

「ロモロくん。どういうことですか？」

「ロモロ、一体何があった」

「えーっと……誘拐された時に助けてくれたっていうのは本当だよ。それで、お姉さんが仕事に困ってそうだったから、諜報員としてヴァリオさんに紹介しようかと思って。ヴァリオさんも腕のいい情報屋を探してたみたいでしたし」

「私に、ですか。…………………………………………なるほど」

ヴァリオさんとお姉さんが、視線を交わす。

友好的な目ではない。バチバチと火花が飛び散っているような気すらした。

デメトリアは無言で、ただただ趨勢を見守っている。

それは父の仕事を見逃すまいと見る目。見習いたいぐらい貪欲だ。

「こちらとしても、はいそうですかと安易に受け容れるわけにはいかないことはわかってると思いますが」

「わかってるよ。だから、サービスでこれをやる。これの価値がわからないほど、愚鈍じゃなさそうだ」

お姉さんは胸元から紙を一枚取り出して、ヴァリオさんに手渡した。

ヴァリオさんは目を見開き、紙を上から下に何度も往復させている。

「まさか、あの商会の裏をここまで……。いや、しかし」

「ほらよ、もう一枚もサービスだ」

「むっ……。なるほど。これなら証拠として……裏付けも……」

ヴァリオさんにとってはかなり有益な情報らしい。

もう少し身長が高ければメモを覗けたかもしれないけど。

「まだいるかい？」

「いや、充分だ。君の実力は理解させてもらった。いや、その一端をね」

「では、雇ってもらえるか？」

「ああ、あとは賃金の交渉だが……ひとまず商館に来てもらって構わないかね？」

「構わないよ。せっかく平和ボケしたこの国に来たんだから、それなりに安全で実入りのいい仕事がしたいもんでね。ま、一応、本業の方も受け付けとくよ」

「そちらに頼るのはよほど拗《こじ》れて私の大事なものが脅かされない限りありません」

話が纏《まと》まりそうでなによりだ。

だが、少しデメトリアは不安そうである。

「デメトリア。有益な人材というのは、過去や出自に拘《こだわ》っては入ってきません。程度はありますが、それを使いこなすという度量も必要ですよ。人材が信頼に値するか、デメリットよりもメリットが勝るか、対価は何か、目を磨きなさい」

「ご教示、ありがとうございます。お父様」

「今回に限って言えば、目と、それと目的を察する力です。彼女は間違いなく金銭を目当てに来ています。であれば資金の続く限り、彼女はこちらを害さない」

「心得ましたわ」

それを聞いて、迷いも吹っ切れたらしい。

すぐにいつものデメトリアに戻った。

「ロモロくん。ありがとうございます。優秀な人材を紹介していただきました」

「いえ。お気になさらず。上手くいったのなら、肩の荷が下りました」

もし断られでもしたら、殺されてもおかしくなかったかもしれない。暗殺者だからね。

そんな無駄なことをする人にも思えないけど。

「そう言えば、君の名前を聞いていなかったな」

「そうだな。リベラータでいい」

「わかった。リベラータ。では、行こう」

リベラータって、偽名で使ってたんじゃ……。

そして、ヴァリオさんたちは商館に向かっていった。

「ふむ……。俺の目も曇ったかな」

「どうかしたの、お父さん」

「いや、仕草からして現役の暗殺者かと思ったんだがな」

「アーロンったら、警戒しすぎじゃないかしら？　お礼し損ねちゃったじゃない」

……お父さん正解。

でもヴァリオさんぐらいの人なら、上手くお姉さんを扱ってくれるだろう。

二年後の交渉は、またその時にすればいいかな。

◆

わたしは、ルチア。バグナイアの街、西地区に住む五歳。

最近、ひとりで細道に入ったところを攫われたの。危うくドレイにされるところだったんだって。

危ないよねー。ドレイって何か聞いたら、お父さんは返答に困っていた。

きっと大人にしかわからないものなんだろうねぇ。

のんびりしてるとか、のほほんとしてるとか、よく友だちのロッコに言われてる。

確かに早く喋れないし、妙に間延びしちゃう。

それに鈍くさい。全力で走ってるのに、歩いてるとか言われる。

そうじゃなくて、みんなが早いんだと思う。わたしが少し遅いのもわかるけど。

そんなのんびりしてるから攫われちゃうんだよ、とお母さんから少しお小言。

わたしはのんびりしてるわけじゃない。

そもそもみんなが早いのだ。ぶー。

それに、ロモロは強かったのに一緒に攫われてた。

だから、わたしが攫われてもおかしくない。ロッコやクローエだって足が速いのに攫われてたし。

そんな人攫いから救われたのは、ロモロが助けてくれたから。

みんなは口の悪いお姉さんが助けてくれたと信じているけど。

わたしは見ていた。

ロモロが魔法を扱うところを。ロモロの周囲がピカピカ光っていたから。

あれは魔法の証《あかし》。お姉さんの方は光ってなかった。

ロモロは自分の力を隠すように、お姉さんに頼る振りをしながら、わたしたちの先頭を歩いて、村まで送り届けてくれたのだ。

なんで村まで迷わず歩けたのか、後で聞いたところによると、地図を見ていたかららしい。

地図ってすごいんだね。

それから無事に街に戻った翌日。

友だちと、ロモロにお礼を言いに会いに行こうとなって。

「よし、ロモロ。みんなで雪合戦やろう」

「え？　いきなり何を言ってるの？」

いつの間にか雪合戦に巻き込まれていたの。

「いいぜ、兄ちゃんたち！　オレたちは負けねーぞ！」

「ぼくらの区画の実力を思い知らせてあげますよ！」

「がんばるー」

雪合戦は苦手だけど好き。雪の上で遊ぶことができるから。

普段とは違うことをするのは楽しいの。

でも、わたしは予想もしていなかった。

「負けたら罰ゲームな！」

楽しく遊べると思っていたのに。罰ゲームは嫌い。

でも、もうやるしかないってロモロも諦めてたみたい。

目の色が変わっていた。負けたくないって思ってる。

わたしも、負けたくない。

だから、みんなで準備をした。

途中、ロモロが離れて細い道に入っていくと、しばらくしてわたしたちも呼ばれた。

そこは雪が溶け始めている。

みんなはなんで？　と不思議がっていたけど、きっと魔法を使ったに違いない。

ロモロは魔法を使える。でも、きっと秘密にしてるんだ。

細い枝を曲げて、溶け出した雪に突き刺す。足を引っかけられるように。

そんなに頑丈じゃないけど大丈夫かな、と思った。

「一回しか使わないからいいんだよ。ここぞという時に使うから」

「そうなんだー。でも、丁寧に作るねー」

「ありがとう、ルチア」

「どういたしましてー」

準備を終えて、作戦がロモロから明かされる。役割分担ということらしい。

わたしの役割は、木の棒を取ることになったの。

ロッコとクローエが見るからに不安そうな顔をしている。

一番足の遅いわたしに任せて大丈夫か？　と、そんな心の声が聞こえてくるみたいだった。

でも、わたしが「走るの自信ない」と伝えても、ロモロは作戦を変えなかった。

「走らなくてもいい。むしろ走らない方がいいんだ」って言ってくれた。

「ふたりは曲がり角で必ず止まって、傍で身を潜めてくれ。で、この音が一回鳴ったら、次の曲がり角まで進む」

「なるほど」

「これは僕が責任を持って鳴らす。クローエやロッコの状況を見ながらね」

「はーい。わかったー」

音が鳴ったら動く。それで相手と会わず、安全に進めるらしい。

実際に、お鍋の音に合わせて動いてたら、お兄さんやお姉さんたちとは会わなかった。

でも時折、ロッコやクローエの声が聞こえてくる。

そっちはそっちで楽しそうだけど、わたしも隠れん坊してるみたいで楽しかった。

「甘いッ！　ここは通さないし、木の棒は渡さないよっ！」

「今だッ、シモーネ！」

「何ッ!?」

お鍋の音が何度も鳴ってから、わたしは頑張って走った。

きっと歩いていると思われてたけど。

でも、いいの。ロモロがフォローしてくれて、棒を守るアダーモっていうお兄さんは、わたしがいる方とは逆を見ていたし。

あっさりと、わたしは木の棒を取ることができたんだ。

「とったー」

みんなが驚いた顔をしていた。まさか、こいつが……という意外そうな雰囲気。

でも、ロモロだけは違っていて、わたしを見て「よくやったね」というように笑ってくれた。

とても嬉しかった。初めて、雪合戦で木の棒を取れたから。

それに、隠れん坊しながらの雪合戦は初めてで楽しかった。

今までは棒を取るどころか、雪の玉を一回も当てることができなかったのに。こんな戦い方もあるんだって驚いた。

ロモロはすごい。


次の日、約束をしていた文字を習うことになった。

ロモロは自分がすごいのならば、それは本がすごいのだと言う。

でも、本は文字が読めなければわからない。

だから、文字の読み書きができるようになりたかった。

ロモロと同じになりたかった。

それでロッコたちと一緒に最近見つけた秘密基地に、ロモロを連れてきたの。

ここで文字を習って、お母さんたちにはナイショでビックリさせるんだ。

でも――。

「狩猟小屋……？　こんなのここにあったっけ？」

「いえ。最近、誰かが建てたんだと思います」

ロモロの疑問に、シモーネが答える。

それを気にすることなくロッコが中へと入った。

「鍵もかけられてないんだ？」

「でも、ここ誰も来ねぇんだよ。オレたちもその辺りまったく気にしてなかったわけじゃねーぜ」

「使ってるような感じでもないしねー。最初に見つけたの、あたしなんだよ！」

クローエもあっけらかんと答える。

ただ、ロモロはそれでもなんだか嫌いなものを食べさせられてる時のような顔をしていた。どうしたんだろう……。

「ここ、他に知ってる人は？」

「オレたち四人の秘密だぜ！　でも今日でロモロも入れて五人だ！」

そして、ロモロは家の中を注意深く眺めていた。

窓際で指を滑らせたり、足で床を叩いたり。

自然にやっててみんなは気付いていないみたいだけど、わたしはずっとロモロのことを目で追っていて、何か変なことをしてるなーって思った。

「……秘密基地に招待してもらって悪いんだけど、今日は僕の家の方でやらない？」

「ええ？　なんでー？」

「えーっと……ここ寒くない？」

確かに寒い。寒いのは嫌いだ。

わたしはこくこくと頷いた。

ロモロも寒いのはキライみたい。一緒だ。

「見つけたのは夏くらいだったからなぁ……。その時はあんまり気にしてなかったけど」

「雪も降り始める時期ですからねぇ。確かにここでは集中できそうにありませんね」

ロッコやシモーネも寒いと感じていたらしい。

「集合住宅の広間に暖炉があるからさ。そこなら温かくしながら勉強できるよ」

「うーん。なんでこの小屋って暖炉ないんだろーね？」

クローエが不満そうに言うけど、暖炉があってもわたしたちに火を点《つ》けられるかな？

それで小屋からは出て街の方に戻ることになった。


ひとまず、ロモロの家が入った建物の中にある広間に、わたしたちは集まった。

お昼の食事のために使われた暖炉の熱が残っていて、ここはまだ温かい。

ロモロとしては、春なら地面に文字を書く方が楽なんだけど……ということだった。

文字を書くために用意されたのは、大きな板の上に土が塗られたようなものだった。家族で食事する時に使うテーブルぐらいある。

板は端っこに薄い木が打ち付けられていて、土はその中に入っている。

土は普段わたしたちが見ているものではなく、粘土というものらしい。

これなら何度でも文字を書いたり消したりできるという。

「最初に覚えるのは自分の名前だよ。今からみんなの名前を書くから、それを真似してみて」

ロッコ、クローエ、シモーネの名前が粘土に書かれていく。

「ルチアはこう」

わたしの名前も書かれた。

ルチア。自分の名前の文字を見て、なんだか変な感じ。

さっそく粘土の空いたスペースに、もらった細い木の棒で名前を削っていく。

上手く書けなかった。

「最初は誰でも上手く書けないよ。僕も何度も地面に書いて練習したんだ」

「どのぐらい書いたのー？」

「うーん。いっぱい。暇さえあれば外で書いてたからね」

そのぐらいやらなきゃダメなんだ。今日一日で文字が読み書きできるようになるわけじゃない。

わたしはいっぱい書いた。

少しでもロモロに近づくために。

みんなもいっぱい書いていた。

でも、わたしが一番書くのが早い。なんだかいつもと逆になってるみたいで楽しかった。

「それじゃ一回、消すよ」

粘土がわたしたちの名前で埋まったら、ロモロは少し水を流して、平べったい棒で均《なら》していく。

瞬く間に、文字が消えていった。なんだか少し悲しい。

「今度は他の人の名前も書いてみようか。中心にみんなの名前を書くから。これがロッコ、これがクローエ……」

四人の名前が書かれていく。

「ねぇねぇ。ロモロの名前はどう書くの？」

クローエがとてもいい質問をしてくれた。わたしも知りたい。

「全員が全員の名前を覚えたら、あとで教えてあげるよ」

「え、どういうことですか？」

「まあまあ、シモーネ。焦らないでよ。まずは他のみんなの名前を書いて覚えてみて」

わたしは書いた。ロッコ、クローエ、シモーネ。似たような文字がある。

みんなよりも早く、多く、どんどんと書き込んでいく。

地面に絵を描いたりするのは楽しかったけど、これもなんだか楽しい。

そして、瞬く間に粘土には書く場所がなくなった。またロモロが粘土を均す。

「さて。ここから僕の名前を書いてみようか。もうみんなの中にヒントはあるよ」

すぐに思いついた。

粘土板の上に、大きくロモロを書く。音からすると、たぶんこう。

ロッコのロ、クローエのロは同じ。シモーネにモの文字があるから。

これでロモロのはず……。

「ルチア正解。すごいね」

「えへへー」

また褒められた。とても嬉しい。

ロッコもシモーネもクローエも、わたしの速さに驚いている。

いつもお外では鈍くさくって、ついていけてなかったけど、文字の読み書きならみんなの先頭に立てた。

「ロモロー」

「ん？」

「ありがとー。おれいー」

いつもお母さんが、お父さんにやってるやつをやろう。

お母さんは、好きな男の子にだけやりなさいと言っていた。

ロッコにもシモーネにも、お父さんにも、まだしたことはない。ロモロが初めて。

ロモロの頰に軽く口づける。

ロモロは戸惑った表情をしていた。

いつも落ち着いた顔をしているロモロが、攫われた時以上に顔を崩していて、それがなぜか嬉しかった。

また、やろっと。

◆

「また可愛い子と仲良くしてるねー。ロモロ」

「なんで、そんなニヤニヤしてるの。お姉ちゃんは……」

「デメちゃんはいいの？」

「なんでそこでデメトリアの名前が出てくるのさ……」

夕方の鐘が鳴ると同時に、ロッコたちに文字を教えるのを終了して、僕らは解散した。

後半の方を帰ってきたお姉ちゃんに見られていたのは、何か失態だった気がする。

お母さんは暖炉の傍でネルケにお乳をあげている。

ネルケはとても素直で、泣いてる時に何を求めているかがお母さんにはわかるらしい。単純に、お姉ちゃんや僕という経験が生きてるのもあるだろうけど。

「それでお姉ちゃんさ。最近やってないけど、魔法訓練はどうするの」

「うーん。ロモロはマナの呼び掛けをやってるんでしょ？」

「それだけは絶えずやってるね。でも、意思を乗せるまでやるとバレるし」

マナは使おうとする魔法の属性によって、色を発現させてしまう。

そうなると魔法を使っていることが丸わかりだ。

できる限り、お姉ちゃんの知る歴史を変えたくない。今バレるのはそこから大きく逸脱する可能性があって怖かった。マティアスさんやヴェネランダさんは、この街の人じゃないし、話さないって信頼できるから話したけど。

例の誘拐以降、ひとりになるなと言われてるし、お姉ちゃんも常に僕の傍にいられるわけではない。

誰か、事情を知ってる人が傍にいればいいんだけど。

「今みたいに雪がちらつく中だったら、氷の魔法だったら色的に誤魔化せるかも！」

「雪が降ってる中、ふたりでおかしなことをやってる方が怪しく見えると思うけど」

「うーん……」

「そもそもお姉ちゃん。光らせないように魔法を使うこととかできないの？」

「あたしは聞いたことないなー」

「第一、マナが光るとその色で使おうとしている魔法の方向性がバレるじゃん。そうなると防御も簡単になるでしょ。相手のマナが赤く光ったら炎なんだし、水で防げばいいはずだからね」

「あたしの役目はそういうの関係なく、ぶっ放すだけだったからね。あとはマナを身体に留めて肉体強化するとかね」

「ぶっ放すって……」

「あたしが勇者になって次の誕生日に攻めてきたんだよね。で、リーネア・デ・レジェドって砦で待ち構えてたら、魔族の大軍勢が突撃してきたの」

「その時、黒騎士はいなかったんだ？」

「いなかったね。で、あたしは聖剣に魔法を込めて光を放ったんだ。光が消えたら、魔族はほとんど消えてたし、残ってた魔族も退却してったんだよ」

「聖剣？　いや、まあいいや。大軍ってどのぐらいいて、どのぐらいは消したの……？」

「物見の人が魔族は二万って言ってたかな？　九割は消し飛ばしたよ」

「九割!?」

凄まじすぎる。二万の軍勢が九割消滅って、軍の構成次第じゃ三割やられたら全滅と評されるのに、壊滅どころの話ではない。

魔族のうちどれぐらいが動員されたのかわからないけど、ほぼ全軍という話なら再建には五年以上はかかるだろうね。

「さすがに疲れる一発だったけどね」

「……疲れる程度で済むんだ」

「無理すればもう一発ぐらい撃てたよ。さすがにマナがほとんど消えたから、少し待つ必要があったけど。ロモロにも見せたかったなー。あの『勇者モニカ万歳！』ってみんなが叫ぶところ」

「そりゃ英雄だろうしね」

「恥ずかしかったけどね……」

二万の魔族が真っ当に攻めてきたら、対抗するには最低でも十万の軍勢が必要になる。

うちの国だけじゃ十万は動員できなかったはず。この前デメトリアが持ってきてくれた歴史書を読んでも、他国との戦争では三万が限界のようだった。勇者抜きなら他国も総動員して当たらないと、そのまま蹂躙《じゅうりん》されるだけだろう。

それを勇者ひとりでどうにかしてしまったのなら、英雄にもなる。

「それはともかく、どうにかして魔法の訓練をしたいところだね。お姉ちゃん、相手の視覚を妨害する魔法とかないの？」

「相手の目に魔法をかければできるけど……」

「……現実的じゃないね」

誰が見るかわからないのだから、無理。

でも、そもそも目に入ってくる風景というのは、光によるものだと本で学んだ。

なら、その光を乱す、あるいは遮断すれば……。

……待てよ？　前世の記憶に引っかかるものがあるな。

「……試したいことがあるんだけど、お姉ちゃん、今時間ある？」

「うん、別にいいけど」

お母さんに一言断ってから、外に出た。

もうお母さんは充分に安定しているので、誰か介助する人がいなくてもひとりで大丈夫なのだ。

外は寒い。雪は積もるほどではないが、ちらついている。

こういう時、人通りが少ないのはいいね。

「ここなら、そうそう誰も来ないと思うけど」

「じゃ、お姉ちゃん。ちょっとやってみるから、誰か来たら教えてね」

マナに呼び掛け、意思を乗せ、魔法を想像する。

光を遮る壁を張った。

しかし――。

「周辺が真っ暗になっちゃったよ、ロモロ」

「僕も周囲が真っ暗になった……。そりゃ、光を遮ったらそうなるか」

むしろ、それでは目立ちすぎる。

「じゃ、次は光を拡散する壁を生成してみよう」

再び、魔法を起動。想像する。

「駄目だ……。風景がぐしゃぐしゃになっただけだ」

「ロモロが壊れた鏡に映ったみたいになってる……」

拡散しても意味がないんだよね。これも目立つ。使い道はありそうだけど、今の僕らの目的には合わない。

光を遮りつつ、相手に幻を見せるような、そんな高度な魔法が必要になるのか。

それを展開しつつ、内部で魔法訓練？　それ訓練する必要がないレベルなんじゃ……。

「ところでさっきから、ロモロってばあたしの知らない魔法ばっかり使ってるね。というか、なんで詠唱しないで使えてるの？」

「あ、あー……」

そう言えば、詠唱せずに魔法を使ってるところを見せるのは初めてか。

「いらないらしいよ」

「誰に聞いたの？」

「……ヴェネランダさんに」

本当はマブルって子なんだけど、説明も面倒だし、黙っておこう。

それにヴェネランダさんも詠唱を省略してたし、似たようなものだろう。

「魔法って詠唱なしでできるんだ」

「想像力に限界を作るから、あんまりよくないとは言ってたよ。定型句を口に出せば想像しやすくて、使いやすくなるのは事実だと思うけどね」

つまり、雑念が多い人だと詠唱があった方がいいのだろう。

お姉ちゃんは特に雑念が多そうだ。色々と余計なことを考えてそうだし。

あと、詠唱が必要なのは協力して魔法を放つ時だろうね。テアロミーナ様の侍女たちが館を作り上げた時のように、統一されたイメージが必要な場合だ。

「うーん……あたしもやってみたい」

「今はマナの光を誤魔化す方が先だよ、お姉ちゃん」

「そうだけどさぁ。でも、なにか方法がありそう？　あたしは想像もつかないけど」

「うーん……マナは意思を乗せた段階で淡く光り出すわけで……。想像の段階で使う魔法の属性によって、色や光の強さが変化して……意思を乗せた時の光は、ギリギリ誤魔化せるような気もする……であれば、想像の段階で色がつかず、光らない属性による魔法があれば、どうにかなるのでは……？」

「ロモロが何か難しいことをぶつぶつ言ってる……」

「そう言えば……。お姉ちゃん、ちょっと周り見てて」

「いいけど。なんか思いついたの？」

「試す価値はあるかなって」

前にお姉ちゃんの言ってたやつが、もしかしたら該当するかもしれない。

シンプルだから、僕にもできるだろう。

「いいよ。誰もいない」

お姉ちゃんが周囲に人がいないことを確認。

僕はマナを呼び寄せる。

使うのは、二年後お姉ちゃんが必死に使ったのであろう魔法。

マナがほんの一瞬だけ微かなちらつきを生じさせて、消える。

そして、僕が狙った箇所が小さく炸裂《さくれつ》し、雪を軽く吹き飛ばした。

雪が宙に舞い、再び地上に落ちていく。

「えっ。今、ロモロ、何したの？　ちょっとだけ光ったような……？」

「お姉ちゃん言ってたでしょ。マナの力をそのまま叩きつけただけって」

「え？　言ったっけ？」

「自分の言ったこと忘れないでよ……。ほら、街を襲ったモンスターを倒した時の」

「あ、あー……。でも、あれは未熟だったし。魔法だったかどうかは……」

「未熟でも何でもないよ。普通に力になるんだから魔法でしょ。今のはマナの力をすごく少なくしてたけど、多くすればもっと威力は高まるだろうし」

するとお姉ちゃんもやろうと手を構える。

「……詠唱、どうすればいいんだろ」

「さあ……。僕は詠唱なしが普通になっちゃったし」

普通の魔法体系には入ってないのかな。こういうの。

「本当にお姉ちゃんの言ったまんまだよ。マナの力を変化させずに、そのまま叩きつけただけだし」

「うーん。なんだか難しい」

「火とか水を想像するよりは全然、楽だと思うけど」

詠唱に慣れてると、こういうところでよくないのかもしれないな。

「でも、これで上手くできれば、お姉ちゃんと本気の魔法対決もできるのかな」

「あたしと本気の魔法対決は無理じゃないかな。勝負にならないと思うよ？」

「……そんなに自信があるの？」

「自信と言えば自信なのかなぁ。ロモロ、ちょっとマナに呼び掛けて、集めてみて」

言われたとおり、いつもの感覚でマナを呼び寄せる。

……が、マナがまったく集まってこない。

え、何これ？　どういうこと？

むしろ、お姉ちゃんにすべて吸われていってるような……。

「ロモロが使えないの、わかった？」

「うん。今のは？」

「あたしはちょっと特別みたいでね？　マナの優先権みたいなのがあるらしいんだよ」

「優先権？」

「魔法を使う人同士が相対する場合、相性だったり属性だったり、色んな要素でマナは呼び掛けに応えてくれるけど、あたしはそこ全部すっ飛ばして、すべてのマナを自由に使えるんだよね」

「つまりお姉ちゃんの方に無条件にマナが行くから、近くにいたら僕は使えないと……」

「あたしが意識しなければちゃんと使えるけどね」

「理不尽すぎない？」

本来、魔法の対決というのはマナの奪い合い。それは知ってた。

でも、お姉ちゃんの場合、そのマナを強制的に奪うのか。

「勝てるわけないじゃん。魔法の素養とか才能とか、そんな話じゃないよ、それ」

「それもあたしの勇者の資質ってことなのかも？」

「お姉ちゃんがわからないのに、僕がわかるわけないじゃん……」

何にせよ、お姉ちゃんが率いる部隊に、魔法師はいらないってことになるなぁ。いても役に立たないだろう。

お姉ちゃんがリソースを全部使うわけだし。

勇者って戦闘に長《た》ける者とかじゃなくて、魔法に長ける者なのかもしれない。

◇　◇　◇

翌日から前回覚えたマナを光らせない方法で、家の中で細かな魔法を行使する。

両腕を少し前に出して、手の平を向かい合わせて、交互にマナを叩きつけた。

叩きつけるといっても、大した威力ではない。手を叩いた程度の威力だ。

大した音も鳴らない。


「あ〜、うう〜あ〜？」

布の上に寝ているネルケが何事か声をあげた。もしかして、マナが見えてるとかじゃないよね？


「ロモロ、何かした？」

「いや、別に。おしっこか、ご飯かな？」

「うーん。どっちでもなさそうねぇ。目の前のものに興味がありそうな声してたけど」


怖いな、ネルケ。

とはいえ、一番近くにいるお母さんにバレてないのだ。

とりあえず、この叩きつける魔法を使い続ける。この威力を抑えるというのが、制御する訓練には丁度いい。

これが上手くいけば、本のページをめくるのに魔法が使えるようになるかもしれない。

現状ではまだ制御に不安があるから、本を破りかねないので使えないけど。

制御に絶対の自信が出たら、やるようにしよう。

「ふう、疲れたな。お母さん、一旦ちょっと昼寝するね」

「あら。珍しいわね。本も読まずに」

「そういうこともあるよ」

魔法を使い続けていると、疲労が溜《た》まってくる。

制御に神経を使う魔法だからなおさらだ。

横になると心地よい疲労は眠気を促進し、あっという間に僕の意識を眠りへと落としていく。

少しだけ、ノイズが走った気がした。


ふと目が覚めると、とても心地よいベッドの中にいることがわかった。

眠ったまま、周囲を見渡すと、まったく違う光景。

平民の家ではない。テアロミーナ様の侍女が作り上げた館とも違う。

それよりもさらに豪奢《ごうしゃ》な造りの部屋だ。

「え……？」

何が起こったの？

僕は魔法の訓練が終わってから、昼寝をしていたはず。

ここはどこだ？

眠っている間に、こんな場所に連れてこられたのか？

まさか、また誘拐された？　僕がまったく気付かないうちに？

「んむ……」

聞き慣れない声が響く。

よく見ればかけられていた厚い布寝具は、こんもりと盛り上がっていた。

這《は》い出《だ》して、身体を起き上がらせる。

かつて出会った少女、マブルだった。前と同じ格好で腕と足の肌をすべて晒《さら》している。

「え……。マブル？　なんでここに？」

「おはよう、ロモロ。……なんで声？」

マブルは首を傾げて、変なことを聞かれた、みたいな顔になっていた。

彼女が僕をここに連れてきたのか？

それになんだろうか。

縛られているわけではないのに、妙に束縛感というか、身体の怠《だる》さがあった。

「あれ……？」

マブルは逆の方に再び首を傾げて、僕をまじまじと見る。


「あっちの、ロモロ？」

「あっちって、どういう意味？」

「ロモロ、入れ替わった？」

マズい。まったく理解ができない。

そう言えば、彼女は僕のことを勘違いしていた。

同姓同名の人間で、似ている人間と。

その人と、入れ替わったと言いたいのか？　いや、だけど、そんなことあり得るのか？

もう一度、落ち着いて周囲を見る。

その中に、壁に掛けられた鏡があった。鏡があるなんて、やはりここに住んでいる人は、高い地位にある人なのだろう。

鏡はマブルと、見知らぬ少年の姿を映し出していた。

……いや、待って。ここにはマブルと僕しかいない。

「……動いた」

僕が腕を動かすと、鏡の中の少年も動く。

この姿は間違いなく僕じゃない。

肌も青いし、顔も青い。身体つきは似ていても、顔つきからして違う。

なんだ、これ？

「だから、入れ替わった」

マブルが腕を交差させるジェスチャーをして念を押すように言う。

要するに、この魔族の少年もロモロという名であり、僕と入れ替わってしまった？

しかし、それが事実だとしても、以前、彼女は僕を誰かと間違えていた。この魔族の少年がロモロという名前なら、この少年と間違えていたことになるわけだけど、間違えるか？　見た目が、まったく違うのだけど。

というか。

もしかして。

僕が今、魔族なのだとしたら。

「ここって、魔族領？」

「人間にはそう言われてる」

いやいやいやいや、夢？

つねる。痛い。さらにつねる。もっと痛い。

あまりにも現実感が強すぎて、夢とは思えない。

「なんでこんなことが？」

「混線した……のかも」

マブルは何かを知っていそうなのだけど、如何《いかん》せん僕の頭では理解が追いつかない。

彼女の言っていることは、僕の所持している知識では咀嚼《そしゃく》すらできなかった。

「も、元に戻れないの？」

「ロモロ、魔法、使えるようになった？」

「う、うん……」

「それなら……しばらくすれば、たぶんあっちがなんとかしてくれる」

「あっちって……あっちのロモロってやつ？」

「そう。こっちのロモロも魔法は使えるから、連絡をとろうと思えばとれる」

マブルの言うことが事実なら、ここでしばらく待ってればいいってことか？

いや、しかし……。

不安がっているとマブルが口を開く。

「こんなことが起こったのは初めて」

「その割には早々と理解したよね？」

「わたしは、それが見えるから」

「……君は魔族だったの？」

マブルはふるふると首を振る。

「わたしは魔族じゃない」

「じゃあ、人ってことだよね……？」

どう見ても人間の子供にしか見えないし……。

「人でもない」

「えっ……。じゃあ、幻の種族って言われている亜人？　エルフとか……？　ドワーフには見えないけど。獣人……にも見えないし」

「それも違う」

じゃ、なんなんだ。

人間でも、魔族でも、亜人でもないなら……。

そもそも亜人は、人間と魔族以外という括《くく》りだ。

人の形をとっているならば、どこかに当てはまると思うんだけど。

人型の種は、このどこかに入る。

「じゃあ、マブルは何なの……？」

「……鍵？　違う気がする……。兵器？　これも正しくない気がする」

そう言えば、物語にはインテリジェンス・ソード……喋って主人に助言やサポートをする剣があって、そういうものは人に変化するタイプもあるとかなんとか。

あれは物語の話だけど本当にあるのだろうか。

……いやいやいやいやいやいや。待て待て。僕、ひとまず落ち着け。この話は保留だ。

「そうだ。ロモロは魔族を知らなきゃいけない」

「え？　どういうこと？」

「あっちのロモロが言ってた。だから、少し散歩する」

僕は手を引っ張られて、着替えることもなく、部屋の外へと連れ出された。

マブル、見た目からは信じられないほど力強いな……。

どうやら、僕がいた部屋は大きな城の中の一室だったらしい。

とても広い廊下に出た。

絵画や壺など高価そうな調度品が置かれている。

魔族の城だとすれば、物語ではおどろおどろしく表現されるのが普通なんだけど……。

ここは本当に魔族領なのだろうか。マブルに担がれているのでは？

いや、でもさっきから擦れ違う人は全員が魔族としか思えない。人間とは明らかに肌の色が違う。

彼らはただただ僕を見て、ぺこりと頭を下げるだけ。

部屋の大きさや内装からして、結構身分の高い魔族なのかな。この身体の持ち主は。

しかし、まったく誰も喋っていない。でも、魔族は喋らないのだから当然だった。

ボロを出したりしないだろうかと不安になりながら、マブルに連れていかれる。

『魔将。嬢ちゃんとお出掛けですかい』

突然、声をかけられた。いや、直接脳内に響き渡ったのだ。すぐ傍には魔族の男がいる。緑色の肌で、上半身裸。筋骨隆々で、如何《いか》にも戦士といった様相だ。

一瞬だけマナの流れを感じ取れた気がする。つまり、これは以前お姉ちゃんがやったのと同じ魔法だ。

やっぱり、魔族は魔法で意思の疎通をしてたのか。

魔将ってのはたぶん僕のことで、嬢ちゃんがマブルのことだよな。

言葉を届ける魔法はお姉ちゃんから教えてもらっているけど、どう返答しよう。

口調からして気易い仲だと思うけど……。

『ん。散歩』

僕が発信する前に、マブルが答えた。

『魔将は引き籠もってばかりですからな。たまには陽の光を浴びるのもいいでしょうや。護衛がいるなら、付き合いますぜ』

『いや、それには及ばない』

僕が当たり障りなく伝えたのだが、目の前の男は眉根を顰《ひそ》めた。

マズい。高い地位にある人ならこういう口調かと思ったけど、違ったか？

『……魔将。何か言葉が硬くねーか？』

『今、実験のために集中している』

マブルがよくわからない言い訳をしてくれる。

『なるほど。また変な発明してるってことですかい。また爆発とかさせんでくだせーよ』

『ん。気をつける』

マブルが答えると、男は手を振りながらさっさと行ってしまった。

『ありがとう、マブル。助かった』

『大丈夫。実験って言っておけば、大抵なんとかなる』

『……魔族のロモロは何をしてるんだ』

『いろいろ、いっぱい、すごく忙しい』

そして、階段を下りて地上部分へ。

……と思ったら、空中庭園に出た。魔族の建築技術、すごいな。

まだまだここは高い場所にある。

空中庭園では中央の噴水から四方に水が流れ、それに沿って道があり、色とりどりの花に彩られていた。

バグナイアの中央区でも教会の辺りは綺麗だけど、ここはそこよりも遥かに芸術的だ。

庭園には数人の魔族がまばらにおり、そのうちのひとりがこちらに気付いた。

その瞬間——マブルが警戒したように前に出る。

『ほう、珍しいな。いつも引き籠もっているホムンクルス風情が。陽の光を浴びても灰にはならないのか』

明らかに敵意を持った言葉が響いた。

さっき護衛を申し出てくれた魔族や擦れ違って笑みを向けてくれた人が多かったから、好かれているのだろうと思うが、やはりすべての人にというわけではない。

どれだけ聖人であろうと、嫌う者は嫌うのだ。

『邪魔』

僕の代わりにマブルが答えた。端的に言って辛辣だ。

『ふん、気色の悪い女だ。まあいい。わたしも暇ではないのでな』

そう言って去っていく。暇じゃないなら嫌いなやつに話しかけなきゃいいのに。

嫌味を言わなきゃ気が済まない人というのは、どこにでもいるものだけど。

『あれは政敵カスペルの子飼いの将』

『政敵？』

『魔族は主戦派と講和派で分かれている。ロモロは講和派』

『……対象って人間だよね？』

『そう』

魔族にも人間と似たような政治があるのか。

つまり、人間が気付いていないだけで、しっかりと知性がある。

ならなぜ、軍団においては無策で突撃なのかという疑問もあった。

それを矜持《きょうじ》としている？　人間でも一番槍《いちばんやり》を誉れとする騎士は多いって書いてあったしね。

ただ、知性があるなら、今後魔族と戦う上で、『講和』を考慮できるというのは大きいだろう。

この身体の持ち主は『講和派』と言っていたし。

あとはお姉ちゃんの目論見《もくろみ》どおり、僕がそれ活かせる立場まで上り詰められるかどうか。

……って、これ、ちゃんと戻るんだよね？

一生このままってわけじゃないんだよね？

入れ替わりってマブルは言ってたけど、どういう理屈でそうなってるんだ……。

『そもそも魔族はなんで』

戦おうとしているのか――そう問おうとした時、異変は起こった。

空に、黒が渦巻いている。

雷雲というには、あまりにも禍々《まがまが》しい。

音もなく、風もなく、ただただ、空を黒が覆う。

それは見ているだけで、精神を削られているような……そんな気がしてしまう。

マナでできた、雲なのだろうか。

あの空には、異常なほどのマナを感じる。

そして、気付いた。

ここに来てからずっと妙な束縛感に囚《とら》われていたが、みるみるうちに強まっていく。

空中庭園にいる他の者たちが、苦しみ始めていた。

悲鳴が聞こえることこそなかったが、頭を抱え、膝を折り、倒れている魔族もいる。

色鮮やかだった花は枯れたり、変異したり、ただただ大きくなったりと、整備した者を嘲笑《あざわら》うかのように滅びに向かっていく。

『こ、これは……？』

『マナ変異。ここでみんなを苦しめている現象』

『こんなの、聞いたことない……』

『この大地、特有の現象。まだ原因をロモロも解明できていない。でも、今のロモロの負担はとても少ないはず』

確かに僕は倒れるほどじゃない。多少の倦怠感《けんたいかん》と、微かな頭痛ぐらいだ。

だが、異常はまだまだ終わらない。

「ガアアアアアアアアアアアアアアアアアアアアアアアアアッ!!」

耳に響く咆哮《ほうこう》。

魔族の国は声を使わず静寂なため、それは大気を震わせたと錯覚するほど強烈だった。

倒れていた魔族が立ち上がり、その身体が大きく変異していく。手が根本から二本新しく生えたのだ。

その場で四本の腕を振り上げ、空中庭園の床に向かって振り下ろした。

石造りの庭園が、無慈悲な暴力によってあっという間に破壊されていく。

癇癪《かんしゃく》でも起こしたかのように、庭園の崩壊が進んでいた。

周囲の魔族たちは苦しみながら、這いずるように逃げ始める。

だが、この束縛感の中、逃げるのは容易ではない。

マブルは僕の負担が少ないと言っていたが、普通の魔族にとっては相当に危険なのだろう。

変異した魔族の腕が、逃げる女性の魔族に狙いを定めた。

あの四本の腕を振り下ろされたら、魔族といえど無事では済まない。

僕は自然にマナを呼び寄せていた。自分の身体のようにすんなりと……。

意思を乗せ、防壁を想像する。

魔族の女性を包む盾を展開。

魔族の腕は防がれた。

しかし、魔族は攻撃をやめず、苛《いら》ついたように四本の腕でガンガンと叩く。

僕はさらにマナを呼び寄せ、盾に風の刃を纏わせた。

魔族が盾に攻撃を加えると、その腕が逆に傷付く。

『攻陣防壁とは。ロモロは器用』

マブルが褒めてくれるが、こちらとしては混乱していて、それどころではない。

この場をどう解決するべきか、答えを導き出そうとしていると、隙のない動きで数人の武装した魔族たちが空中庭園へと突入してきた。

戦闘……というよりは、制圧が始まる。

まるで軍の一部隊だ。

彼らは手慣れたように、変異した魔族を拘束し、無力化した。力を使い果たしたように倒れ、ようやく場が落ち着く。

そのまま四人ほどで担ぎ、立ち去っていった。慣れていると言わんばかりに。

他の隊員たちは残り、検分や倒れた人の手当てを行っている。

まだ、黒の空は晴れていない中、制圧した部隊の魔族がひとり近づいてきた。

マブルは動かない。つまり、この人は警戒する必要もないのだろう。

『魔将。お手を煩わせました』

『いや……』

元の口調もわからないので、無難な発言に留めた。

向こうも長話をするつもりがなかったのか、一言挨拶しただけで自分の仕事に戻っていく。

なんだったんだ……？

『マナ変異。マナが過剰な土地にいると、生命体に異常な変異が起こる』

『魔族特有の現象じゃないの？』

『違う。そもそも魔族は元々人間。何百年もマナ変異に晒され続けて、意識を保って生存し続けているのが人間に魔族と呼ばれる種族』

さらっと言われたマブルの説明が、すぐには信じられなかった。

そんな話、本でも読んだことはない。

だが、ここが生物の住むべき場所ではないことは理解できる。

だとすれば——。

『……まさか、魔族は人間の土地に攻め込んでくるのではなくて、人間の土地に逃げようとしているだけ？　過剰なマナがない普通の土地を求めて？』

『そう』

そう言ってマブルは小さく頷いた。

それからしばらくして、少しずつ空が晴れていく。

すでに体調を崩していた人は運び出されており、空中庭園は僕ら以外は無人となっていた。

庭師が精魂を込めて育て上げたであろう花々は惨《むご》たらしく萎《しお》れている。

マブルは枯れた花を慈しむように撫《な》でていた。

『今の彼らはこのマナ変異に呑《の》まれると、ああしてさらに行きすぎた進化をして、正常な意識を失う。正常な思考も、この過剰なマナで阻害される』

『……なんなんだ、一体これは』

少し連れ出されただけで大惨事が身近な大地。

きっと、今のようなトラブルが起こるのは空中庭園だけではない。

魔族領全体で被害が発生していてもおかしくなかった。いや、むしろそうなのだろう。

『来た。……ん、わかった』

マブルが突然の独り言。どうやら何か連絡が来たらしい。

噂のあっちのロモロ……入れ替わり先だろうか。

『今から、連れてく』

『え？』

『少し、息を止めてて』

手を繋いできた、と思った瞬間——僕は大空に飛び出していた。

「ひいっ！」

「暴れると危ない。じっとしてるのがいい」

「そ、そんなこと言われても！　高度何百あるのこれ……!?」

落ちたら絶対死ぬ。初めての空の旅は、何もかも必死だった。

マブルが風を巧みに操って空を飛んでたことがわかったぐらいで、あとは大人しくしているしかない。

少しでもバランスを崩せば墜落しかねない魔法を、危なげなく使っているのは本当に尊敬できる。このレベルは達人と言ってもいい。

これが僕にも使えるかというと……相当な長い修業が必要になるだろう。

集中をどれだけ崩さないようにできるかという話でもある。

「到着。もう暴れてもいい」

「いや、好きで暴れたわけじゃないんだけど……地面に足がつくって素晴らしい……」

「泣いてる？」

「生命の素晴らしさに泣いてるよ」

文字どおり風のように、海を渡ってきて、僕らは王国内の森へと降りたった。

いつも薪を探したり、罠にかかった動物を探しに来る、僕らの街に隣接している森だ。

今は雪化粧をされており、白一色になっている。

そこにひとりの少年が立っていた。

何度か教会の鏡で見たことのある顔。

間違いなく、僕だった。

その僕の姿をした彼が、疲れたような顔をして、肩を竦《すく》めて僕らを見た。

マブルの言う、もうひとりのロモロだろう。

「お待たせ。連れてきた」

「おう。手間かけたな、マブル」

マブルはとてとてと、僕の姿をしたロモロの目の前に立つ。

彼はあやすようにマブルの頭を撫でていた。自分を見るってなんだか妙な感じだな。

そして、彼の目がこちらを向いた。

「さて、こっちは初めましてってことになるな、ロモロ」

「え、えーと。そうだね」

相手は僕だけど、中身は魔族の少年だ。

普通に口から声を出してきて、どう接していいやら迷う。

「ま、そんな縮こまんねーでいいよ。魔族領は見てきただろ？　別に襲われたりしなかったと思うんだが。気にくわねーやつはいただろうけどな」

「そう……だね。常識が崩れてビックリした」

「だろうよ。俺も初めて魔族について知った時は、天地がひっくり返るような気持ちだったからな」

「……君は生まれついての魔族じゃない、の？」

「んー。どこまで説明すりゃいいかなぁ。全部言うと混乱させちまいそうだけど、せっかくの機会だし、なるべく俺の知る情報は伝えておきたい」

だが、そこでマブルは首を振った。

「時間はそんなにない」

「ま、そうだよな。さすがに俺が魔族領から長く離れてたら、不審がられるだろうし。まずは元に戻るか。ロモロ。少しじっとしててくれ」

彼は突如、僕に近づき、顔を寄せてくる。

相手の睫《まつげ》までしっかりと見えるような距離から、額をくっつけられた。

「目を瞑《つぶ》ってた方がいいぞ。気持ち悪くなるからな」

「う、うん……？」

目を瞑ると、微かに額から脳の中に、マナが満ちていく。

何かの意識が、中に入ってくるような、出ていくような。

すっと、温かさを覚えた直後、何かノイズが走った。

「いいぞ。目を開けろ」

目を開けると、目の前に魔族の少年がいた。

彼の隣にはマブルがいる。

自分の身体を見ると、服装やら何やら完全に自分と同じ。

元に戻ったのだ。

「成功だ。悪かったな、迷惑かけて。今後は失敗しないようにするから勘弁してくれ」

「君が原因なの？　どうやったの？　魔法で人を入れ替えることができるの？」

「原因が俺なことは間違いない。どうやったってのは説明するとえらい長くなるから今はパス。人を入れ替えることはできないからな」

「じゃあ、どうして……」

「俺とお前は……まあ、ちょっと特殊なんだよ。本来、精神的に微弱な繋がりを使って念話ができるだけでよかったんだが」

「？？？」

「ともかく今、お前に知っておいてほしかったことは魔族の窮状だ」

なぜ僕が、それを知らなければならないのか？

それは当然のように湧いた疑問だ。

ただ、今それを問う気にはなれない。

それにこの話を聞けなかったら後悔する……そんな不思議な確証もあった。

僕はひとまず彼の話に耳を傾ける。

「端的に言うと、魔族はあの大地から何百年も前から出たがっている」

「あのマナ変異が原因、だよね？」

「あれが何もかもの原因だからな。で、これからも生きるために魔族はこっち側の大陸に領地を得たい。だが、人間が邪魔をする。何しろ現状、人間側はこちらをモンスターのように思っている上

に、言語も違っていて意思疎通もできないからな。魔族側は魔族側で主戦派が多くを占めてて、人間の土地を奪い取ろうという連中がたくさんだ」

「領地を得たいってのはわかるけど……でも……」

「言いたいことはわかる。そんな土地がないってこともな。一緒に暮らせというのも難しいだろう。元々、人と魔族は不倶戴天《ふぐたいてん》の敵としてお互い認識してる。だが、どうにかしないと世界に未来がない」

だから、魔族にはもはや戦争という手段しかない。

仮に交渉ができたとしても、何かしらの対価がなければ土地が与えられることはない。

何よりも人は、感情でそれを許さないだろう。

人種、氏族、宗教、身分、あらゆる点で人類同士ですら争い合っているのだ。

そこに何もかもが違うと思われている魔族だ。今の時点で共存など夢物語でしかない。

「二年後に、大きな魔族の侵攻があるってのは勇者から聞いたな？」

「……！」

「驚くなよ。お前も気付いてるだろ。他に未来のことを知ってる……いや、前の時間軸のことを覚えてるやつが他にいてもおかしくないって」

「じゃあ、君も覚えてるの？」

「俺やマブルは覚えてる。他に五人、候補がいた。ただ、そのうちふたりは記憶を引き継いでいない。さらにもうふたりは、まだちょっとわからない。最後のひとりはおそらく覚えてるが……こいつが一番、ヤバいな」

「……もしかして、ジラッファンナの誰か？」

「いや、違うが……。ん？　なんでジラッファンナが出てきた？」

「おね……勇者が知らない重大な事件をジラッファンナの盗賊が起こしたから。まだ明確にはなってないけど」

「なるほどな。だが、ジラッファンナの人間じゃない。該当者はセッテントリオナーレ帝国の皇帝だ」

　もっとヤバいのが出てきた。

「それは頭の片隅にでも置いておいてくれ。今は二年後の方のことを考えるのが先だ」

「待って。そもそも、それを僕に教えてどうしろってのさ？」

「協力してほしい。人間と魔族の戦争を回避するために。二年後の戦争で、魔族は勇者によって大きな傷を負う。何しろ二万の兵士がほぼ跡形もなく消されるわけだからな。こんなことになったら、もはや和平なんて望めない。恨みがすべてだ」

「だ、だけど……」

「だけども何もない。魔族はもう人間の住む大陸側に行けなきゃ死ぬだけだ。魔族領に縛られて生きるのを諦めて死ねってのは酷だろう」

「……」

「俺は魔族と人間の争いをどうしても避けなきゃならない。それは魔族が死んでほしくないとか、人間にも死んでほしくないとかもあるが、それ以上に遥かに危険な存在が目覚めるからだ。その前に協力態勢を築けなければ……」

「危険な存在？」

「すまない。これも時間がない。だから、要点だけ伝えるぞ。勇者に言われてるかもしれないが、お前は貴族として偉くなってくれ。発言力を持ってくれ。どこか空いた土地に魔族を入れられるぐらいに」

「………」

「俺は俺で、これからもっと偉くなって主戦派を抑える。どうにか人間と交渉できる手段を探す。二年後の戦争だけはどう足掻《あが》いても避けられないが、勇者の一撃をどうにか抑えて、交渉への糸口を作り出す」

言ってることが真実かどうかすらわからない。荒唐無稽なものだ。

信用するに値しない情報。

だが、その瞳からは嘘が感じられない。

まるで何年――いや何百年もの間、それを望んでいたかのような、必死さが滲《にじ》み出《で》ていた。

「……最後にひとつだけ教えてほしい」

「なんだ？」

「危険な存在って？　要点だけでもいい。教えてほしい」

なぜかはわからない。

ただ、彼の言うその存在がすべての元凶となっている。

そんな気がしてならない。

「魔族の大地に眠り、マナ変異を起こしている元凶だ。過去を断ち切り、現在を見通し、未来を切《き》り拓《ひら》く力がなければ――俺たちは等しく無に返る」

過去を断ち切り。

現在を見通し。

未来を切り拓く。

その言葉は脳内に強く刻まれた気がした。

「もっと詳しく知りたいならファタリタ王立校へ行ってくれ。あそこの禁書庫に、ワールドルーツ――過去に起こったことすべてが記された本があるはずだ」

「ファタリタ王立校？」

「ああ。そうだ。それじゃ、またな。今度、上手くできれば、もっと長い時間、話す時間も作れるはずだ。その時を待ってくれ」

「ロモロ、もう時間。早くしないと気付かれる」

「ああ、わかった」

そうしてマブルに支えられた魔族の少年は、消えるように空へと飛翔《ひしょう》していった。

反動で強い風が、僕の頬を撫でていく。

本当に、とんでもない日になったな……。

◇　◇　◇

昨日はなんだか色々と衝撃的な事実があって、夜は考え事をしながら眠りについた。

でも、翌日にはいつもどおりだった。

考えても仕方のないことは考えない。悩むだけ無駄だろう。

僕に必要なのは魔族のことを調べ、必要であれば魔族を救う方法だ。

「ちょっと、ロモロ！　昨日はいきなりどうしたの？」

お姉ちゃんはいつもどおりだったが、妙に怒っていた。

「何が？」

「あ、あんなことしておいて何が？　じゃないの！」

「あんなこと？」

「〜〜〜〜〜〜〜〜〜〜〜〜〜〜！」

顔を真っ赤にして押し黙ってしまう。

……よくよく考えると、僕らは入れ替わっていたんだよな。

つまり彼は数時間ほど僕の身体で動いていたはずだ。

何をしたの？　……と、深く聞き出すと危険な気がする。

だが、そんな彼が残した爪痕は、どうもこれだけではないらしい。

「よう、ロモロ。昨日は助かったぜ」

「お前さん、いつの間にあんな力つけたんだい？」

「ロモロくん、大胆になったわねぇ」

情報がないからさっぱりわからない。

しかも、自分が何をやったのか聞き出すのも変な話だ。

誰かに話すべきだろうか。だけど、別人と入れ替わっていたとか言っても、誰も信じてくれない

よね。

この件に関しては、また彼と会う機会があったら問い詰めないと。

鐘が鳴り、お昼を告げる。

午前中の魔法訓練を終えて家に戻ると、その周辺が騒然としていた。

軽装ではあるが鎧を着込んだ騎士と思しき者たちが周辺にいる。

「な、なんで？　うちの家、なんか変なことした？」

隣にいたお姉ちゃんが戦《おのの》いている。覚えのないことなんだろうな。

お姉ちゃんはすっかり忘れているようだが、この騎士の人たちには見覚えがあった。

「着込んでいる鎧や佇まいからして、テアロミーナ様の部隊の人たちだよ。何人か朧気《おぼろげ》に覚えてい

る顔もあるし」

「よく見たら、確かにそうだね。あたしたち、変なことはしてないと思うけど、何の用だろう」

まだまだ街には雪が降り積もっている。

馬では移動しにくい季節だ。寒いし。

それでも騎士の人たちは寒がる素振りを見せない。熟練だな。

「お待ちしておりました。ロモロ様。モニカ様」

見知った顔のメイドさんがやってきた。

テアロミーナ様の侍女のベルタ様だ。

こちらに向けて丁寧な仕草で頭を下げる。

「お久しぶりです、ベルタ様」

「お、お久しぶりです……」

「突然、押しかけてしまって申し訳ありません。ですが、我が主様がお伝えしたいことがあるようでして」

「わざわざ直接出向かずとも、手紙でよかったのでは？」

「いえ。こちらには別件もありましたので……あの方はこっちが本命と思ってそうですけど」

最後の言葉は小さくて聞こえなかった。なんて言ったんだろう……。

「テアロミーナ様が中でお待ちです。どうぞ、お話を聞いてあげてくださいまし」

「はあ……」

いまいち要領を得ないけど、家の中に戻ろう。

「まあ、ロモロ！　それにモニカも。久しぶりですね」

中にはテアロミーナ様がいた。僕らの姿を見て、顔が華やぐ。

嬉しそうな笑顔にこちらも嬉しくなった。

家はあばら屋だというのに、この人がいるだけで家の品がこれ以上ないほど上がっている気がする。

「ろ、ロモロ。モニカも……ようやく戻ってきたか」

「あ、あなたたちを待っていたのよ？」

お父さんもお母さんも頬が引き攣っていた。

そりゃ突然、領主の娘が家に訪ねてきたらなぁ……。

出すべきものも出せずに固まるしかないだろうね。

干し肉を出すわけにもいかないし。

テアロミーナ様は気にせずに、笑みを浮かべそうだけど。

「ロモロ。モニカ。あなたたちに重要な話を持ってきました」

僕らが頭を下げてから椅子に座ると、テアロミーナ様は口を開く。

テアロミーナ様が持ってきた話は、罰などではなく。

「学校に通いませんか？」

僕らの将来を大きく変える選択肢だった。

「学校、ですか？」

「ええ。街の日曜学校ではなく、本当の学校です。週のうち六日間を朝から晩まで……は言いすぎですが、勉学に集中して励むことが可能です。国語から数学、社会、歴史、薬学、魔法……様々なことを学び、王国の礎となる教育を受けるのです」

「なぜ、僕と姉が？」

すると、テアロミーナ様がくすりと笑った。

「もちろん、あなたたちが優秀で、一介の平民でいさせるには惜しい存在だからです。あなた方、ふたりとも魔法が使えるでしょう？」

バレていた。ふと横目でお姉ちゃんを見てみると目が泳いでいる。

まったく隠せていないな。

「魔法が使える……それだけでも入学に値します。それに魔法を制御するためにも、入学してほしいという側面もありますね。独学で魔法を学ぶのは危険ですから、しっかりとした教育によって、正しく学んでほしいのです」

言いきられてしまった。

お父さんは疲れたように目を伏せていたが、初耳のお母さんは目を見開いていた。

お父さんは言ってなかったんだろう。

「……どうして、それを？」

「捕らえた盗賊たちが白状しました。まさかとも思ったのですが、誘拐された子供たちからの話とも一致しますからね。それにロモロは簡易館を作った魔法について、興味深そうに尋ねてきましたし、それについて話したら理解してそうでしたからね」

「……なるほど。では、姉の方は……」

「さすがに野生の馬がたまたまいたという話を信じるほど無垢《むく》ではありませんよ。しかし、そうでないとすれば雪の中を我々に追いつくには魔法しかありません。弟が使えるのであれば、姉が使えたとしても不思議ではないですからね」

完敗だ。

僕が言うのも烏滸《おこ》がましいけど、敏《さと》い。観察力もしっかりしている。

「驚かせてしまったかしら？」

「あの、入学は……強制、ですか？」

「まさか。そんなわけはありません。平民で魔法が使える方もいないわけではないですからね。あなたたちの承諾と、そしてご両親の許可があれば、です。わたくしは選択肢を与えに来ただけですよ」

教育は非常に魅力的だ。

この街だけで学ぶには限界がある。魔法なんてぜひとも基礎から学びたい。

僕としては願ったり叶《かな》ったりだ。僕はもっと知識がほしい。

しかし、そう簡単に二つ返事もできなかった。

「それに、一年間ずっと勉強をするわけではありません。季節ごとに大きな休みがありますから、そこで帰省もできますよ」

これはどちらかというと僕たちではなく、親に言っているような気がした。

この街に学校はない。

あるのは州都だろう。

すると、お母さんが小さく手を挙げた。

「あ、あの、混乱しているので、変なことを言うかもしれませんが」

「お気になさらず。むしろ、無礼を働いているのは突然押しかけたこちらですから」

「も、申し訳ございません。見てのとおり、我が家は裕福ではありません。学校には大金がかかると聞いたことがありまして……。そのようなお金をとても工面できません」

「心配ございません。おふたりの資金に関しては、すべて我が家で面倒を見させていただきます。入学金、授業料、生活費、そのすべてを。最近取り入れた奨学金というシステムがあるのです」

お母さんがパクパクと口を開けたり閉じたりしている。

話の展開についていけないのだろう。

「このふたりをそこまで評価していただけてるんですか!?」

今度はお父さんが驚いたように言った。

こんな場でなかったら不敬だと言われそうだ。

「ええ、もちろん。このふたりにはそれだけの潜在能力があると確信しております。嫌な言い方ですが、価値と考えてもらって構いません。これは我がスパーダルドだけではなく、ファタリタ王国にとっての、です」

少し、その言い方が気にかかった。

この王国には幾つか学校がある。スパーダルドだけではない。

王領と、そして、各州にひとつずつ。

「テアロミーナ様。もしかして学校とは、スパーダルドではなく――」

「さすが、ロモロは察しがいいわね。そのとおり、ファタリタ王立校――全寮制で各州の才子や才媛、他国からの留学生が来る我が国では最高峰の学校です。その分、授業の質も高い水準にあります」

領内の貴族でも選《え》りすぐりの人たちが通うというこの国では最高の学校だ。

貴族は領内の学校に通うが、優秀な者は王領の学校、即《すなわ》ちファタリタ王立校へ行くという。

「さすがに買《か》い被《かぶ》りすぎでは？」

僕がそう言うと、テアロミーナ様は首を振った。

「いいえ。貴方《あなた》は間違いなく天才よ。州都の学校では不足していると確信しています。……王立校はわたくしが生徒の代表を務めているという理由もありますからね。わたくしが卒業をするまでは、お世話もできますし」

とてもいいお話だ。お金の問題がないのならば、これは受けるべきだろう。

お姉ちゃんの反応からして前回では起こっていない事態なのは想像できるけど、それでもここでは得られない知識を学校で吸収できる上に、様々な人脈を築くことができれば、間違いなくお姉ちゃんや僕の武器になる。

それに――。

『もっと詳しく知りたいならファタリタ王立校へ行ってくれ。あそこの禁書庫に、ワールドルーツ――過去に起こったことすべてが記された本があるはずだ』

魔族の少年に言われた言葉も気にかかる。

全面的に信用したわけではないが、そんなものがあるなら見てみたい。

あればあったで彼を信用する一助になるかもしれないし。

ただ、問題は――この街に危機が迫った時に僕らがいられない可能性がある、ということだ。

お姉ちゃんの言う、勇者選定が行われるのは二年後。

しかし、二年後のいつ行われるのかは不明なのだ。

せめて季節ぐらいは思い出してもらわないと困るんだけど……。

「テアロミーナ様、伺いたいことがあるのですが」

「ええ。聞きましょう、ロモロ」

「季節毎《ごと》に大きな休みがあると仰っていましたが、それ以外でも帰郷することは可能ですか？」

「もちろんです。生徒にも様々な事情がありますからね。幼い子の場合は親がいないことで、泣き出すこともありますし……」

そういうことではないのだけど、でも、帰ることはできるようだ。

あとはもうお姉ちゃんが思い出してくれるかどうかなんだけど……。

すると、お父さんが口を挟んできた。

「ロモロは学校に行きたいのか？」

「うん。行きたい。ただ、まだすぐには決められないけど……」

「モニカは、どうだ？」

「ロモロが行くなら、あたしも行かなきゃ……。でも……」

お姉ちゃんがちらりとこちらを見る。

どうやらお姉ちゃんも二年後の街のことを危惧しているようだった。

もし、二年後にお姉ちゃんがいなければ、モンスターの襲撃によって街がどうなるかわからない。

その上、勇者選定も行われなくなる。

「ふふ、今すぐに決めなくてもいいのですよ。次の入学は冬が終わって春が始まる頃ですから。一年後でも可能ですし、秋に途中入学もできますからね」

冬が終わるまで、残り二ヶ月といったところか。

それまでにお姉ちゃんの記憶が鮮明になれば、憂いはなくなるんだけど……。

◇　◇　◇

「モンスターの襲撃がいつなのかを思い出してほしいんだけど。今すぐ」

「そんなこと言われても、そこまで覚えてないよぉ」

翌日、お姉ちゃんは白い色のついた溜息を盛大に吐いた。

雪混じりの風が、白を散らしていく。

この時期はもう雪が消えないから、せいぜい屋根の雪を落とすぐらいしかやることがない。

薪は秋のうちに全部集めたしね。冬を越せる分の備蓄がある。

「テアロミーナ様は別件でしばらく近衛隊《このえたい》ごと、この街に駐留するから、その間に返事をしたい」

「……なんか嬉しそうじゃない？　ロモロ」

「何を言ってるのかわからない。ともかく、普通に過ごしてれば僕らは街中にいるだろうから、いつモンスターが来ても構わない……って考えだったけど、学校に入るとなると話は変わる。二年後のモンスター襲撃がいつなのかわからない以上、学校へ行くのは街のリスクが高すぎる」

「そもそもこの時期に学校に入るとか前はなかったし、大丈夫なの？」

「わからないよ」

「えぇーーっ!?　ロモロってばそんな適当な!?」

「でも、この時期に王立の学校に入る意義は大きいよ。前回お姉ちゃんが失敗した原因は、貴族側の繋がりを軽視してたというか、取り入ることができなかったからでしょ？」

前回のお姉ちゃんの話からすると、バグナイアの街を治めるスパーダルド州は孤立していた。

努力不足だったのか、あるいは別の要因なのか、そういう環境にならざるを得なかったということだ。

だけど、その前に多くの貴族と友誼が結べれば、情報と支援を得られるかもしれないのだ。

「どちらにしろ、僕らがここにいてもやれることは少ないし。学校に行けるなら知識も得られるし、貴族との繋がりも作れる。何よりもこの国の内情や大陸の情勢だって得られる。お姉ちゃんの覚えている中で一番危険そうな出来事は敵国への宣戦布告やクーデターからの内戦だし、お姉ちゃんを引き取る領主の暗殺もある。それを防ぐ根回しは僕らがここにいてもどうしようもない」

「それはそうだけど……学校かぁ」

あまり学校にはいい思い出がないみたいだからな……。

お姉ちゃんは気が向かないようだ。

「僕がなんとかするっていう大群の獣の襲撃もある。その後の勇者選定のこともあるけど、僕は街の人を死なせたくない」

「それはわかってるけどさあ……」

「せめて季節ぐらいは思い出してよ。春夏秋冬とかさ。モンスター襲撃の頃にどういう格好してたかとかぐらい覚えてない？」

うーん、としゃがみ込んで頭を悩ませるお姉ちゃん。

「モンスターの時は半袖……だった気がするなぁ。爪で腕に傷をつけられそう……って的外れなことを考えてたし。長袖でも防げないんだけど、剝《む》き出《だ》しだと不安だったしね」

「半袖、ね。そうなると、夏か」

「……そうかな。あっ、そうだ！　夏だ！　思い出したよ！　あの時、ジーナのおばさんに夏野菜もらったんだ！　それを持って帰る途中だったはず！」

「信用するよ？」

お姉ちゃんの中にある記憶を僕の中に移したい。

記憶がもっと確かなものなら、こんなに悩むこともないのになぁ。

「でも、夏だけだとまだやっぱり難しいな。テアロミーナ様曰く、大きな休みは一ヶ月前後って話だったし」

「夏だとちょっと長いもんねぇ。月まではさすがにわからないなぁ……」

「勇者選定は決まった時に行われるものじゃないしね」

そもそもお姉ちゃんがモンスターを撃退。

その後、その噂が王都まで知れ渡って勇者選定になったという流れだ。

「他にもわかったことがあったらすぐに言ってよ。モンスター襲撃だけじゃないけど。できれば僕の解決する獣の襲撃の方も思い出してね」

「はーい」

お姉ちゃんの気の抜けた返事は、真剣に考えているのか疑ってしまうものだった。不安すぎる。

学校に行くのは危険かもしれない。

どうしようか迷っていた夜——僕らはけたたましい鐘の音で起こされることになった。

◇　◇　◇

何度も何度も鐘が鳴り、非常事態の警告が街に響き渡る。

外に出ると朝日が昇る少し前ぐらいだっただろうか。

だが、空は煌々と明るかった。

太陽ではない。いつも行く僕らの森が燃え盛っていたのだ。

「おいおい……どうなってんだよ」

「なんであんな場所が……」

「あそこって確か……」

同じように外に出ている人たちも呆然《ぼうぜん》とした様子で森の方を見ている。

まだこちらに飛び火することはないだろうが、このままでは森は全焼するだろう。そして、鎮火しなければ街にまで被害が出るかもしれない。

こんな時に限って空気は乾燥して、雨や雪の降る気配はなかった。

すでに兵士の人たちは慌てたように森へと向かっている。

「ロモロ！　どうしたの!?」

「お姉ちゃん、見てのとおりだよ。森が燃えてる」

「消してこなきゃ！」

お姉ちゃんが考えなしに行きそうだったので、腕を掴んで止めた。

魔法を使えば鎮火は可能だろう。ただ、それがどの規模になるのか、想像もつかない。

「それだと消すために、お姉ちゃんが魔法を使うところを見られるよね？」

「魔法を使うからそれはそうだけど、今はそんな場合じゃ……」

「それはそれでマズいことになる」

「なんで!?　このままじゃ森が……!」

そう。このままじゃマズいのは事実。

森がなくなるという以外にも、あらぬ疑いをかけられかねない。

あの辺りで火と言ったら原因はひとつしかないのだ。

「今は説明してる暇はないよ。ただ、お姉ちゃんの言う魔法って、お姉ちゃんが直接水を放出して……ってことでしょ?」

「当たり前じゃない」

「だったら、確実に消す方法があるよ。お姉ちゃんが魔法を使ってるところを見せずに」

お姉ちゃんは一瞬迷ったようだが、僕を信じたのか頷いた。

僕はお姉ちゃんの腕を引っ張り、ひとけのない場所へと移動する。

「それでロモロ。お姉ちゃんはどうすればいいの?」

「合図を送ったら、森の上空に冷気を送ってほしい。水と違って冷気なら見えない」

「上空!?　燃えてるのは森だよ?」

「いいから!　お姉ちゃんの魔法を見せずに消すには、自然の力にも頼ればいいんだよ」

「ええーっ。どういうこと……」

まずは、種を作る必要がある。

雲というのは小さい水滴——雲粒の集まりだ。

水蒸気を含んだ空気を上昇させればいい。

僕はマナを集め、意思を乗せ、想像する。

細かな水が森の上空で生み出されるが、それは森の火勢によってすぐに蒸発していった。

煙とともに水蒸気もまた空へと昇っていく。

あっという間に簡易的な雲ができあがっていった。

「お姉ちゃん！　今だよ！　空に向かって冷気を！」

未《いま》だに悩みつつもお姉ちゃんは、空に向けて手をかざした。

「えーと……確か。冷えよ、虚空。冬の息吹よ。凍牢《とうろう》の如き鋭さよ、貫け！　〈レスピロ・フレッド〉！」

お姉ちゃんの周囲に薄青い光が満ち、僕らの周囲が一気に冷えてくる。

お姉ちゃんの手から上空に向かって冷気が放たれた。

その変化は自然に現れた。

ぽつぽつと、少しずつ雨が降り、それがさらに強くなっていく。

土砂降りへと変わっていった。街の人たちもたまらず屋根の下に逃げるくらいに。

「な、なんで？」

「雨の降る原理をそのまま使ったんだよ」

雨の種を作り、雲の上を冷やし、飽和水蒸気量を操作。

雨粒は少しずつ大きくなり、それは地上へと落ちていく。

「魔法を使ったのは街の人たちにはバレてない、と思うけど」

「……スゴいね、ロモロは」

「本で知ってた知識ってだけだよ。それに僕じゃ種を作れても、お姉ちゃんがいないと冷気が足らなくてすぐに雨を降らせることができなかったから」

「よくわからないけど……あたしたちの力ってわけだね！　姉弟の共同作業！」

「まあそうだけど」

頷くとお姉ちゃんは嬉しそうに笑った。

森を覆っていた火は、少しずつ消えつつある。

そして、火が完全に消えた頃に、街を照らす太陽が上がってきた。

「これで安心だね。いやー、危なかった」

「危ないのはこれからだよ」

「え？　どういうこと？」

「すぐにわかると思う」

首を傾げるお姉ちゃんと帰路につくと、僕の予想どおりのことが起こっていた。

「どう責任をとってもらえるんだぁ!?　えぇ!?」

「そう言われてもな。昨日も火はしっかり落として帰った。燃えるなんてあり得ない」

「じゃあ、なんで森が燃えてんだよぉ!?　火種なんてお前の鍛冶場しかねぇだろうが！」

「不思議だなぁ……」

パネトーネの連中がお父さんを取り囲んで荒い口調で非難している。

そう。森に火種は存在しないのだ。お父さんの鍛冶場を除いて。

当然、疑いの目はそちらに向くことになる。

「あいつらの言ってることは腹立たしいが……」

「今回ばっかりは確かになぁ」

住人たちも反論できないから庇《かば》うことができない。

実際に現状ではそう判断せざるを得ないだろう。

「待ったーーーーーーーーーーー!!」

だが、そこに当然のように乱入する者がいる。

いつの間にかお姉ちゃんは大の大人たちが取り囲む中に、物怖じせず入っていった。

……こういった直情的な性格は直してもらいたい。

「ま、またお前か……!」

「ひっ……。こ、こいつ……!」

「ああ!? なんだてめぇら、悲鳴なんぞあげやがって」

「いや、こいつ、ヤバいんすよ、ちょっと……」

今回、お父さんを取り囲んでいるのは以前と同じ面子《メンツ》に加えて、僕らと森で遭遇した人たちも交ざっていた。

その人たちはお姉ちゃんの魔法を目の当たりにしてるせいか、及び腰になっていた。無理もない。

「こら、モニカ。危ないから離れてなさい」

「離れない！　お父さんを傷付けるやつは絶対に許さないから！」

突発的に魔法を使いかねない。好き勝手に暴れて、殺意も出かねない。

せっかく火事を消し止めるために、自然の力を使ったというのに。

「ちょっといいですか？」

「ああん？　何だガキ!!　引っ込んでろ！」

僕もまた取り囲む中にしれっと入る。

「ちょっとロモロ君！　危ないわよ！」

「大丈夫ですよ。彼らは暴力を振るったりはしません――いえ、できませんから」

「舐《な》めるなよ、ガキ。オレらが暴力を躊躇うとでも？」

「どうぞ？　テアロミーナ様率いる近衛兵も駐屯している状況で不当な暴力を振るえるというならやってみてください。ちなみに暴力沙汰は証言を不利にしますよ」

「……クソガキ」

彼らがどれだけ力を持っていようと、領主の娘が睨《にら》みを利かせている以上、今の彼らに無茶はできない。できるわけがない。

そうでなければ火事という大事を理由に、さっさとお父さんに対して実力行使に出ていただろう。

「不当じゃねぇ！　こっちはパネトーネ様の所有する森をお前の親父《おやじ》のせいで焼かれたんだぞ！」

「所有権云々《うんぬん》はひとまず置いておくとして。この火事が本当に鍛冶場から発生したものなのか、確かめに行きませんか？」

「なんだと……？」

「たぶん、一発でわかりますよ。火元が鍛冶場かどうかは」

パネトーネの一味たちはお互いに頷き合っていた。

どうせ、原因なんかわかるはずがないと高を括っているのだろう。

もちろん本当にお父さんの鍛冶場が原因というのもなくはないけど。

僕はお父さんの管理能力を信じる。

「だったら、クソガキ。オレらと一緒に確かめに行こうじゃねぇか。その代わり、証拠を見つけたら少しは痛い目見てもらうからなぁ？」

「ええ。行きましょうか。お父さんとお姉ちゃんもついてきてもらっていいかな」

「あ、ああ……まあいいが」

「了解だよ、ロモロ」

「あたしも連れていきな、ロモロ」

「私たちも行こう」

そこに名乗りをあげた者がいた。

薬師のゾーエお婆さんと、兵長のエットレさんだった。

「こっちも薬草の群生地がどうなったか心配なんでね。まあ、区画的に大丈夫だとは思うが」

「火災の原因がわかるなら、私たちも確認する義務があるのでね」

「じゃあ、第三者の立ち会いってことでお願いします。いいですよね？」

パネトーネ一味を率いる男は、少しばかり不服そうだったが、不承不承といった様子で頷いた。


雨も止《や》み、朝日が照らしている中、僕らは大所帯で森の中へと入る。

焼け焦げた区画へ足を踏み入れると、焦げた木が立ち並んでいた。

いつもの森の景色と比べると、とても寒い。冬だから生い茂っているわけではないが、それでも生命の息吹を感じない木を見るのは少しばかり心が痛む。

そして、お父さんの鍛冶場までやってきた。

鍛冶場は壁の一部が焼け落ちて、屋根は完全に崩れ落ちている。

「ひでぇな、ありゃあ……当分、仕事はできなそうだ」

お父さんが寂しそうに呟いた。

おそらく鍛冶に使う道具は全滅しているだろう。

中のものは完全に焼け焦げている。

「さて。クソガキ。これでわかっただろう。鍛冶場を中心に焼けてるんだ。火元で間違いないだろう」

「結論にはまだ早いですよ」

「ああ？」

「少し鍛冶場の周りを見させてください」

「変な真似したら承知しねぇぞ……」

鍛冶場の建物というのは、火を扱うために火に強くできている。

ちょっとやそっとの火では決して崩れたりはしない。

もちろん今回のような大火事が起これば別だが。

お父さんの鍛冶場までは街からの道が作られている。ただ土を踏み固めただけの道。

その両脇に木々があり、確かに鍛冶場を中心に燃えていた。

ただ若干、火災は東寄りであり、鍛冶場の建物も東側の被害が大きい。

道側――つまり入り口の方は比較的壊れていなかった。

「火元は鍛冶場じゃありません」

「はあ？　てめえ、何を根拠に――」

「鍛冶場の中で火が燻《くすぶ》って燃え広がったなら、もっと均等に崩れてるはずです。なのに、東側の被害が大きいです」

「そんなのたまたまかもしれないだろ！　火種がそっち側にあっただけだ！」

たまたまと言われたら、実際返す言葉もない。

西側は道路で少し木々とは離れている。燃える燃料がなければ、被害が小さいということもあるかもしれなかった。

しかし――。

「たまたまでは起こりません」

「クソガキ、何を根拠に――」

「鍛冶場の建物は火に強いです。もちろん今回のような大火事になれば話は別ですけど」

「だからなんだと……」

「夜に火種が燻って燃えたという程度では、ここまで崩れません。そして燃え広がりません」

「現に燃えてるじゃねぇか！」

「ええ。でも、ここ……なんだか、油臭くありませんか？」

そう言うと、パネトーネの一味たちは一瞬だけ眉を顰《しか》めた。

周囲の兵士やゾーエお婆さんは匂いを嗅ぎ始める。

「確かに少しばかり油の匂いがする。カンテラによく使われてる魚油だね」

「なるほど。言われてみれば確かに」

ゾーエお婆さんとエットレさんはわかったようだ。

「ですよね。つまり火種は鍛冶場の中じゃなかったわけです。外側で油によって勢いよく燃え広がって、東側が強い火勢で焼け落ちた……というのが僕の推測です」

「待てよ、クソガキ。油が中にあった――」

「ありませんよ。火を扱う場所にそんな危険物、置きません。そうだよね、父さん」

「あ……ああ。可燃物は薪しかない。それは街の方にも確認してもらっている。そもそも高いしな。

カンテラの油なんて。カンテラ自体持ってもいないし」

　ここまでくれば、だいたい誰にも答えはわかっただろう。

「というわけで、少なくとも鍛冶場から発生した火事ではありません。可能性としては、事故か、あるいはこの鍛冶場をどうにかしたい人による人為的な火災ですね」

　そう言って僕はパネトーネの一味たちを見回した。

　効果は覿面《てきめん》で彼らの顔は雄弁に犯人を物語っている。

　まるで悪戯《いたずら》がバレた子供のように不安そうだった。

「お、オレらがやったって証拠はねぇだろ！」

「僕は別にあなたたちがやったとは言ってませんよ。状況的な証拠はありませんしね」

「………」

「僕は鍛冶場が原因ということだけは否定したかった。それだけです」

　では、戻りましょうか。……と言って僕らは森の外に出た。

　パネトーネの一味たちはそそくさと足早に去っていく。

　すると、エットレさんが近づいてきた。

「ロモロ君。一応、伝えておこう。深夜の話だが、君の話を聞いて、ひとつ気になる話を思い出した」

「なんでしょう？」

「カンテラを持って街中を移動する連中がいたという話だ。君の話と合致する」

それは非常にいい情報だった。

「息子のロッコの話だが、他の見回りからも動く光を見たという報告を受けている」

「ロッコですか。妙な時間に出歩いてますね……」

「祖母の家から帰る途中でな。もっと早く帰れと言っていたんだが……。ああ、言うのが遅れたが、ロッコと遊んでくれてありがとう。あいつも友だちが増えて喜んでいたよ」

「こっちも楽しいですよ。周りにはいないタイプなので」

これで、そのカンテラを持って歩いていた連中がわかれば、この事件は終わりだ。

いや、もう終わってる気もするけど。

するとゾーエお婆さんも横から口を出してくる。

「いいのかい、ロモロ。このままあいつらを見逃して」

「まだ直接的な証拠はないですし。でも、たぶんすぐわかります。この街で油を使うカンテラを持ってる人は限られてますし」

「……なるほど。怖い子供だよ、アンタは」

ゾーエお婆さんに背中をパンパン叩かれる。痛い。もっと労ってほしい。

そして、その場は解散となった。

もう朝日は高く昇り始めている。いつもなら朝ご飯を食べている時間だ。

「ロモロ、お前、すごいな。頭がいいとは思っていたが……」

「そうだよ、お父さん。今更気付いたの？　ロモロはすごいんだよ！」

「はははは。子供の才能に気付けないなんて親として失格だな」

お姉ちゃんが我がことのように僕のことを褒めてくれる。

お父さんも僕のことを手放しで褒めてきた。

照れくさくてむず痒い。

「それよりお父さん、鍛冶場は壊れちゃったけど、明日からどうするの」

「無職になっちまったなぁ。どっちにしろ、街の連中で集まって焼けた森を一度片付ける必要があるだろう。……それよりもまずは飯だ飯」

「そうだね。お腹《なか》空いちゃった！」

お父さんはさっさと家へと戻っていく。

僕らもそれを追いかけた。

隣を歩くお姉ちゃんに小声で問いかける。

「お姉ちゃん。今回のことは、なかったんだよね？」

「うん。こんなことがあったら絶対に覚えてるよ」

「前に家が燃えて僕らが死んだ……って言ってたよね。関係あると思う？」

「うーん……どうだろう。少なくとも貴族になって以降は聞いたことがないよ、パネトーネの名前は」

以前に聞いた話では、僕らの家を放火した犯人は捕まらなかったし、証拠が何も残っていなかったとか。

そう考えると、今回の件とは関係がないのだろうか？

ただ、お父さんへの害意を明確に感じる。気に留めておこう。

朝ご飯を食べ終わったところで、我が家に来客があった。

お母さんが対応し、すぐさま僕が呼ばれる。

「ロモロ、お客さんよ」

「おはようございます。ロモロ様」

テアロミーナ様の筆頭侍女、ベルタ様だった。

◆

パネトーネは自分の部屋で苛ついたように指で机を叩いていた。

トントントントンと音が止まない。

机が壊れてしまうのではと錯覚してしまうほど大きくなっていった。

「なんでこんな街に領主一族の私兵が来るんだよ……！」

「どうも誘拐事件の事後処理だそうで……」

バグナイアは街としては決して大きくない。贔屓目《ひいきめ》に見て中程度の規模。

街道こそあるが、スパーダルド州の物流を支える大動脈からは外れた枝葉の道だ。

故に重要度は高くない。だからこそ、パネトーネもそこに目をつけたわけだが。

「それで誘拐事件について関与の疑いを持たれています」

「はぁ？　なんで？」

「アルベルテュス様から貸与を求められた馬車がそれに使われたとか……」

「ちょっと待て！　それは聞いてる！　だが、紋章を外せと言ってあっただろう！」

「それがどうも行き違いがあったようで……。紋章の件で話があると」

「クソッ！」

ついに指ではなく手で机を叩き始めた。

部下たちが戦々恐々としている。これは死人が出ると。

パネトーネがここまで激昂《げきこう》したら、死人が出ないと収まらない。

だが、その理不尽な暴力が振るわれる直前に、ひとりの男が部屋に転がり込んできた。

「マズい、パネトーネ！　我らの企みが露見したぞ！」

入ってきたのはこの街の行政官であり、パネトーネが鼻薬を嗅がせていた男だ。

パネトーネから賄賂を受け取り、彼らに便宜を図り、私腹を肥やしていたのだが……。

「テアロミーナ様の私兵に書類をすべて検《あらた》められている！　もはや——」

「風の刃よ、切り裂け。〈ラマ・ディ・ベント〉」

最後まで言い切ることはできなかった。

パネトーネの魔法が行政官の首を切り裂く。

噴き出した血は風に煽《あお》られ周囲に散った。

「ふざけるなよ！　どいつもこいつも！　ガキの仕事すらできねぇのか！」

パネトーネは立ち上がり、血溜まりに倒れ伏した物言わぬ行政官の身体を蹴る。

死では足りないとでも言うように、鬱憤を晴らすべく蹴り、血溜まりをさらに汚した。

「も、もう逃げるしかないんじゃ……」

部下の誰かがぽつりと呟く。

行政官への賄賂。誘拐事件への関与。

さらにガキによって森への放火まで自分たちの仕業とほぼ断定させられたという。

しかも、たった今、この街の行政官を殺してしまった。

「クソックソッ、なんでオレがこんな目に！　てめぇら！　持つもん持って逃げるぞ！」

そう言われた部下たちの動きは速かった。

必要なものだけをまとめて、彼らは地下に向かう。

予め作っておいた街の外に出るための逃走経路だが、まさか使うことになるとは思っていなかった。

パネトーネは歯噛《はが》みして悔しがり、そして、復讐《ふくしゅう》を決意する。

「殺してやるぞ、アーロン！　貴様さえさっさと戻っていれば……！」

そうして、街の衛兵たちがパネトーネの屋敷に踏み込む頃には、中にいたすべての者が消えていた。

◆

今、僕らは街の外にいる。

森から少しはみ出たところに小さな狩猟小屋があり、それを目の前にしていた。

以前、マティアスさんたちと一緒にモンスター討伐を見させられた場所に近い。

「本当に連中が来るのでしょうか？」

「ロモロが言うのですもの。間違いないわ」

少し疑わしそうに言うベルタ様をテアロミーナ様が笑って一蹴する。

いや、絶対に来るとは言い切れないけど、高確率でここしかない。

もちろん来るのは屋敷から逃げたパネトーネだ。

少し前にベルタ様が来て、パネトーネが屋敷から逃げた旨を伝えられた。

テアロミーナ様はこちらに危険が及んでいないかを確かめるためにベルタ様を派遣したらしい。

それで逃げた先に心当たりがある僕は、テアロミーナ様たちを案内したのだ。

この狩猟小屋は街の人が来ないような場所に建っており、かつ届出のない建物だったのは把握していた。

一度、ロッコたちに秘密基地として連れてこられた場所だったが、中を調べたところ誰もいないのに何度か使われた形跡があった。

さらに言えば、床にも怪しい空洞があるのも確かめている。明らかに音の違う箇所があった。地下に通じる階段があるのだろう。

場所を細かく言って伝えるのは困難だったので、テアロミーナ様の率いる私兵の馬に乗せてもらって同行している。

僕が心配だと言ってお姉ちゃんもついてきていた。

時間的な猶予は気がかりだったけど、馬であればこの距離は追い越しているだろう。

そして——。

「てめぇら、北を目指すぞ！　まずは次の街で馬を調達——」

勢いよく言えたのはそこまでだ。

狩猟小屋から出てきたパネトーネの一味たちは周囲の騎士たちを目の当たりにして口を閉じる。

「投降なさい。抵抗するならば——殺す」

テアロミーナ様の瞳が獲物を見据えるように鋭くなった。

それだけで及び腰になった者もいる。

だが、パネトーネだけは違った。

「上等だ！　乱戦になりゃ騎士も何もあったものかよ！　砂塵《さじん》よ、飛び散りて、破砕せよ！　〈テンペスタ・ディ・サッビア〉！」

詠唱を行い、周囲を砂塵で覆う。

正攻法ではどうにもならないと、パネトーネが悪足掻きをしたのだろう。

だが、この悪足掻きは効果的だった。

「ちっ！　先手を打たれるなんて、油断がすぎたわね」

テアロミーナ様が不愉快そうに砂塵を吸い込まないよう口に手を当てる。

お姉ちゃんもいきなり魔法を使われると思っていなかったのか、マナを独占するように意識していなかった。

パネトーネが魔法を使うとも思っていなかったのだろう。

ただ、こんなところでマナの独占とか使ったら、色々物議を醸すだろうし、よかったのかもしれない。

「大人しく神妙にしろ！」

「ぐあっ！」

「この程度で動揺する我らではない！」

「があッ！」

剣戟の音と悲鳴が砂塵の中から響いてくる。

その音も少しずつ少なくなり、見えないけど制圧が進んでいることを実感した。

視界が不自由になったところで遅れはとらないようだ。

「……なんか来る」

隣にいるお姉ちゃんが、剣呑《けんのん》な雰囲気を感じさせる口調で呟く。

そして、「離れちゃ駄目だよ」と僕にだけ聞こえるように囁《ささや》いた。

その瞬間——砂塵が乱れ始め、それと同時に僕に向かって手が伸びてくる。

「貴様を人質にッ！」

パネトーネが僕に肉薄していた。

その手が僕の首を捕らえようとしたところで、

「はっ！」

しかし、パネトーネの指は空を切る。

僕に届く前に、お姉ちゃんが手首をがっしりと摑んでいた。

「あたしの前でロモロに手を出すなんて、百年早い！」

そして、摑んだまま力任せに持ち上げ、地面へと叩きつける。

気絶したのかパネトーネはピクリとも動かなくなった。

それと同時に砂塵が晴れていく。

制圧は完全に終わっていた。

「ふう……。お姉ちゃん、よく来るってわかったね」

「どこだったかの戦争で何度もやられたからね。こういうのは空気の流れを感じ取るんだってイヴレーア元帥に教わったから」

お姉ちゃんは何でもないことのように言うが、テアロミーナ様たちが目を少し白黒させてるので、やっぱりやりすぎてる気がした。

未来から戻ってきたとはいえ、今のお姉ちゃんは十歳なのだ……。

◇　◇　◇

パネトーネの一味が全員捕らえられた翌日のお昼。

お父さんと一緒に、僕とお姉ちゃんが街長の屋敷に招かれることとなった。

「大変、ご迷惑をおかけいたしました」

そして、テーブルに着くなり、頭を下げられる。

「汚職を見逃していたなど、この街の長として慚愧《ざんき》に堪えません」

「いえ。彼の派遣を認可したのは領主である私の父よ。父も謝罪すると言っていたわ。父に代わって謝ります」

この場にはテアロミーナ様もいて、そちらからも頭を下げられた。

お父さんは少々居心地が悪そうだ。僕もお姉ちゃんもそうだけど……。

「い、いえ。死人も出ませんでしたし、無事に捕まったとのことですので……」

「それで鍛冶場の再建につきまして、資金の方はすべてこちらで請け合いますが――」

お父さんと街長の話し合いが始まり、僕らはお役御免になる。

隣の部屋に移って、テアロミーナ様やベルタ様の歓待を受けることになった。

「迷惑をかけてしまったわね」

「いえ。これで街の治安も回復するでしょうから。テアロミーナ様がいなかったら、彼らをこうも簡単に追い詰められなかったと思います」

「森の所有権に関する書類についても偽物であることがわかりました。少々、気になるところはありましたが、公的なものではありません」

「そうでしたか……。結局、彼らの目的は何だったんでしょう」

本当に森の所有権がほしかっただけなのか。

僕の誘拐への関与はなんだったのか。

「まだわかりませんね。何にせよ、一度我が領都へ移送して尋問にかけることになると思います。ただ……」

「ただ？」

「貴方たちのお父様は、うちの国の出身なのかしら？」

「いえ。母はファタリタですが、父は北の方の出身って言ってましたね」

「なるほど……」

テアロミーナ様が何か得心がいったかのように小さく頷く。

「父に何か問題があります？」

「い、いいえ？　何も問題はないのよ？　少し訛《なま》りが気になっただけだから」

あんまり気にしてなかったけど、お父さんの発音は少し訛っているらしい。

テアロミーナ様も少し隠していることはあるみたいだけど、そこまで重要なことではなさそうだ。

そうであれば、もっと厳しそうな表情をしているだろう。

「それにしても、モニカは強いわね」

「えっ……。そ、そうですか？　テア……ロミーナ様の方がずっとお強いですよ」

「それは私に一日の長があるからよ。やはり貴方たちふたりは王立学校にほしいわね」

「……」

お姉ちゃんが少し考え込む。

そして、真剣な顔でテアロミーナ様に向き直った。

「テアロミーナ様、学校で剣の師は見つかりますか？」

「あら。モニカは剣士になりたいの？」

「魔法でも強くなりたいですけど、ある人に剣の師を探せって言われて……」

「そう。それならもちろん候補がいるわ。王都流の師範、彗剣流《すいけんりゅう》の師範代、二刀真流の達人に、神剣術の使い手……。もちろん、モニカのお眼鏡に適わなければ、領内にいる達人を招致することもできますよ」

そう言われて、再びお姉ちゃんは考え込んだ。

お姉ちゃんも学校行きを前向きに捉えている。

ただ、やはりこの街を守るために、どうすればいいか解決策が見つからない。

そうしてしばらく他愛のない話をしていると、ノックが聞こえてきて、テアロミーナ様が許可を出すと、お父さんと街長が入ってきた。

「話し合いは終わったぞ。待たせたな、モニカ、ロモロ」

「あっ、お父さん。どう？　話し合いはいい感じだった？」

「ああ、モニカ。二週間もすれば仕事が再開できる。その間は少し暇だから、モニカやロモロに付き合うぞ。母さんのことも手伝わないとな」

「ネルケの世話もしないと忘れられちゃうよ」

「毎日やってるから大丈夫大丈夫」

僕らは街長やテアロミーナ様に挨拶をして、屋敷を出て帰路につく。

「問題は解決しましたが、私たちはしばらくこの街に滞在します。事後処理もありますからね。学校のことについて聞きたいことがあったら、いつでも来てくださいね」

そんなありがたい話を受けたものの、僕らの意見は纏まっていた。

問題はどうやって街を守る算段をつけるかだった。

◇　◇　◇

それから二日ほど経《た》って、何の進展もないと焦っていた頃。

この日の夕方に、再びマティアスさんとヴェネランダさんがやってくる。

ふたりは珍しいことに疲弊していた。現在進行形で。

「はぁ、はぁ、はぁ、はぁ、はぁ、はぁ、はぁ、はぁ、はぁ……」

「ホントに何なのよこれ……。もう無理……」

家に入ると、マティアスさんがもう限界だというように、テーブルの上へと手を叩きつけるように何かを置いた。

その手の下には、奇妙な短剣が収まっている。

緑色の細い木の枝で編んだような柄。柄頭《つかがしら》には小さな宝玉があり、流麗な彫刻が施された鍔《つば》の中央は半球状に盛り上がっている。

お父さんはすぐにその正体を看破したようだった。

「魔剣の類か、これは……」

「ああ、そうだろうな。俺ひとりでは持てなかった」

「私が魔法で重さを軽減してこれだからね……。あーキツかった。マジでキツかった」

「そんな重さならテーブルも壊れてると思うんだが」

「人が持つ場合に限り重いようだ。おそらくは制限がかけられているのだろう。お前はどうだ？」

「……ダメだな。持ち上げられる気がしない。こんなものをよく運ぼうと思ったな」

お父さんが短剣を摑んで持ち上げようとしたが、すぐに諦めた。

「お前はこの手の鑑定には優れているだろう。何の代物かわからないか？」

「もっと調べてみないと何とも言えんが、そもそもこれはどこで手に入れたんだよ」

「俺たちが行った洞窟、あの中だ。台座があってそこに置いてあった」

「魔物か何かの集落でもそこにあったのか？」

「元々はその殲滅《せんめつ》依頼だったのだがな」

……なんだろう。

刀身が見えないのに、僕はその短剣から目が離せない。

三人が話し合いをする傍ら、僕はその短剣に自然と手を伸ばしていた。

掴み、持ち上げる。

まるで羽のようで、まるで重さを感じなかった。

「ロモロ……？」

僕が持ち上げているのを見て、マティアスさんが驚愕《きょうがく》の表情を浮かべる。

「持てるのか？」

「え……ええ。持てましたね……」

「ロモロ、お前いつの間に、怪力に……ということはないよな？」

「何言ってるの、お父さん……」

「私が九割以上重さを軽減してたのよ。これは子供どころか普通の人間ひとりに持てるものじゃないわ」

まるで僕が普通の人間じゃないみたいに……。

すると、お父さんが思い出したように言う。

「いや、もしかしたら……魔剣の中でも一際強大な力を持つものは、何かしら条件に適合しないと使えないと聞いたことがある」

「あんたんところの言い伝えね。ロモロくんが条件に合致したってこと？」

「年齢か、性別、それら複合条件にな。それか、もっと上の魔剣であれば、使い手として選ばれたという可能性もあるが……」

「こんな片田舎の洞窟に、そんな魔剣が無造作にあるか普通？　しかも、その使い手まで傍にいるなど……」

再び三人は喧々囂々《けんけんごうごう》と意見を交わす。

僕は短剣を持ったまま置いてきぼりだ。

「ロモロ。短剣を落としても問題ないように、鞘《さや》から抜いてみてくれ。刀身を見れば、いつ頃に作られたものかわかるだろう」

僕は小さく頷き、テーブルの上で丁寧に鞘から引き抜いた。

その瞬間――。

「ロモロは「この国の「警備を「お前はいつ「魔法の「魔物が「この頃「困ってて「この季節は
「領主様の「砦を「ここから「あなた「わたし「弟が「雪解けを「学校に「暗殺の「彼は「吟遊詩
「海を「国王は「税がまた「不漁でね「全滅した「魔族を「嬉しい
頭の中へ一気に情報が強制的に叩き込まれた。

街中の会話をすべて聞かされているような強烈な不快感。

視界が脈絡のない風景を重ねたような色に汚染されていく。

何も考えることができず、耳を塞いでもずっと入り込んでくる。

結局、僕はそれに耐えきれず、意識を手放した。

「あれ？」

目が覚めた。

見慣れた天井ではないが、知らない天井でもない。

ここはゾーエお婆さんの家だった。

「おや、目が覚めたかえ」

身体を起こそうとしたところで声をかけられる。

ゾーエお婆さんだった。

「倒れてからここに担ぎ込まれたわけですか」

「もう少し戸惑った方が可愛げがあると思うがね。ま、目が覚めて何よりだよ。外傷はないし、身体は至って健康だ。ただ寝てるだけだったからね」

「どれだけ倒れてたんですか？」

「昨日の夕方から日が変わって朝までだよ。もう日が出てるだろう」

外は雪が積もっているが、今日は快晴のようで陽の光が窓から入り込んでいる。

いつもより長く寝たってぐらいか。

「さて。お前さんの親を呼んでくるからちょっと待ってな。大人しくしてるんだね」

「はい」

「それと、その短剣を鞘から抜くんじゃないよ。どんな代物かわかったもんじゃないんだ」

手に視線を落とすと、どうやらずっと握っていたらしい短剣があった。

ゾーエお婆さんが出ていくと、部屋から誰もいなくなり寂寥感に支配される。

「……なんか一気に情報が押し付けられた気がするんだけど」

『イエス、マスター』

突然、何の脈絡もなく、脳内に響き渡る声。

未知の体験に心臓の鼓動が跳ね上がる。

「な、何？　どこから……？」

『マスター。その右手に持つ短剣です』

思わず短剣を見る。

だが、特に喋ったりしているわけではない。

それでも声は明確に聞こえてきた。

「も、もしかして、インテリジェンス・ソードとかそういう？」

『イエス、マスター。銘をスターゲイザーと申します』

「へ、へぇー……。スターゲイザー〈星を見る人〉、ね……」

『謝罪いたします、マスター。登録認証の際に、こちらの手違いでマスターに過負荷をかけてしまいました』

「いや、それはいいんだけど……」

……喋ってしまっている。おそらく短剣と。

しかも、すらすらと。前世の記憶に人工知能というものがあるけど、それもここまで流暢《りゅうちょう》に喋ることができないような……。

スターゲイザーと名乗る短剣はこちらの戸惑いに構うことなく続けた。

『改めまして、マスターロモロ。――――のオプションプログラム、スターゲイザーです』

「……何のオプションプログラムって言った？」

『――――です。……どうやら認証が上手くいっていないようです。修復中……エラー……私の方に段階的なアプローチの制限がかかっています』

何が何やら。

しかし、間違いなく剣が喋っているように思える。

喋っている時だけ抑揚に合わせて微かに震えていた。

「その前に、君はどういう来歴の剣なの……？」

『イエス、マスター。私の方から開示できる情報は以下のとおりです。現在のあらゆる事象を見通すことを目的とした剣。以上です』

「あらゆる事象を見通す……？」

『どこで何が起こっているのか、どこで誰が何を考えているのか、それらを知ることができる最優先権限を有しています』

「どうやって……？」

『視界を塞ぎ、お知り合いの個人を思い浮かべてください。魔力、譲渡申請』

そう言われて、ひとまず先ほど出ていったゾーエお婆さんを思い浮かべる。

すると、頭の中にスッとゾーエお婆さんとその周辺が映った。

周囲にはうちのお父さんやお母さん、お姉ちゃんもいる。皆一様にホッとした表情をしていた。

過去の情報などではなく、これは今まさにゾーエお婆さんの周辺で起こっていることだろう。

ゾーエお婆さんが出ていってから、だいたい家に到着するぐらいの時間だ。

そして、お姉ちゃんたちは家から飛び出していった。

『このように、特定個人の周辺、特定の座標周辺といった情報を提示できます。複数の情報も即座に提示できますし、他の機能もありますが、今のマスターには少々負担が大きいので、こちらも段階的に行った方がいいでしょう』

目を開けて、情報を断ち切る。

すると、ドッと疲労感が押し寄せてきた。

呼吸が自然と早くなる。息切れしてしまったかのようだ。

魔法を使った時とよく似ている。

「……これが、代償？」

『私の使用にはセキュリティーも兼ねて膨大な魔力を使用します。マナの効率がよくなれば、今のように疲労することもないでしょう』

「もしかして、僕が倒れたのは魔力の使いすぎ？」

『手違いこそありましたが、認証の際にどうしても必要な工程でした。全世界の情報を刹那的に提示してしまい、謝罪いたします』

「いや、いいんだけど……」

確かに負担が強い。強制的にマナが収集されて、魔力に変換されたからか、心身が疲労している。

マナを魔力に変換した時の、この疲労感は何が原因なんだろうね？

それよりも、今はこのスターゲイザーとの話だ。

「なんで僕が使えるのかはわかる？」

『私は使用者を選別する権限を有しています。そしてマスターが最も使用するに値する人物でした』

「他に使える人はいるの？」

『少なくとも四方百里にはいません』

スターゲイザーは人が持つ力としては常軌を逸している。

僕が持っていていいものとは思えないけど……。

いや、これからやろうとしていることを考えれば、このぐらいの力は必要だ。

僕が使えるというのなら、使わせてもらおう。情報を集めるのに適している。

僕の目的はとにかくお姉ちゃんを死なせないことだ。

間違いなくこの武器はお姉ちゃんの力になる。

「なら、ありがたく使わせてもらうよ。これからよろしく」

『イエス、マスター』

スターゲイザーは沈黙し、一言も喋らなくなった。震えてもいない。

こちらから問いかけたりすれば喋るのだろうけど……脳内に言葉が来るわけだから、会話していると僕が独り言を言っているようになる可能性が高い。

恥ずかしいし、目立たないようにするためには、避けるべきだろう。

それにまずはそのことじゃなく——。

「ロモロ!? 起きたんだって!?」

心配で見に来た家族たちに、どう説明をするべきかに頭を使おう。


ひとまずスターゲイザーは、僕の手に残った。

没収されかねないとは思ったし、お母さんは特に反対していた。「こんな危ないものを子供に持たせるのは反対よ。ロモロに限って振り回したりすることはないでしょうけど、落としたりしたら怪我だってしかねないわ」

「ロモロはそこまで間抜けじゃない。しっかりと管理はできる」

「アーロン、あなたは子供に武器なんて持たせていいと思っているの?」

心配そうに問うお母さんに対して、お父さんは毅然《きぜん》と答えた。

「……魔剣ってのはな、使い手を選ぶんだ。武器がロモロを選んだのであれば、それはともに歩むという運命だと思う。それがどういう結果をもたらすかはわからないけどな」

「それは、あなたの故郷の言い伝えでしょう？」

「まあな。この国じゃ特に魔剣に関しての言い伝えは少ないし、王に差し出せって話もないし。だからこそ、無理に取り上げる必要もない」

「でも……」

埒《らち》が明かなそうなので、僕の方から提案をする。

「少しでも怪我をしたり、させたり、妙なことがあったら、この剣を手放す。それでいいんじゃないかな？」

「その一回で致命的なことになったら……」

「ないよ。そもそも僕がこの短剣を鞘から抜くことはないだろうし」

特に鞘に収めたままでも、すぐ傍にあればスターゲイザーとの話はできるしね。

その提案でお母さんも折れた。

以来、スターゲイザーは僕の手元にある。

僕が家でひとりになった時は、他愛のない会話もしていた。

「スターゲイザーはそもそも自分で過去の知識を持っていないの？」

『イエス、マスター。私に記録装置は存在しません。短期記録装置を保持しているのみで、長期の記録はできません。それらはワールドルーツやトルバドールの領分です』

「ワールドルーツを知ってるの？　それにトルバドールってって何……」

『ワールドルーツは過去に起こったことすべてを記した本です。トルバドールは過去を断ち切る武器です』

ワールドルーツに関してはあの魔族の少年の言ったとおりの説明だった。

そして、ふとあの少年の言葉が脳裏を過る。

『魔族の大地に眠り、マナ変異を起こしている元凶だ。過去を断ち切り、現在を見通し、未来を切り拓く力がなければ――俺たちは等しく無に返る』

現実を見通すのは、スターゲイザーだろう。

そして、過去を断ち切るのがトルバドール。

だとしたら……。

「未来を切り拓くなんて武器もある？」

『フォーチュンテラーです』

なるほど。占い師、か。トルバドールが吟遊詩人で、スターゲイザーは天文学者。

上手いこと、未来、過去、現在と綺麗に分かれている気がする。

「ただいまー！」

スターゲイザーとの会話を中断。お姉ちゃんの帰還だ。

今はまだスターゲイザーについては話さないでおこう。

信じてもらえるかわからないし。スターゲイザーの声はお姉ちゃんには聞こえないみたいだしね。

他人が直接聞くことは無理らしい。

「ロモロってば、また家に籠もってるの？　少しは外で遊ばないとダメだよ！」

「なんでこの季節に好き好んで外に出なきゃいけないのさ……」

「運動しなきゃ体力はつかないからね。雪の上を歩くのもいい訓練だって、マティアスさんが言ってたし」

昨日は不意なマティアスさんたちの来訪だったが、もうすでにふたりはいない。

あの翌朝に、僕の安否を確認してから去っていった。お姉ちゃんたちは助言ももらったらしいから、雪の上云々は帰る前に聞いたのだろうな。

僕もヴェネランダさんに色々と聞きたかったのだけど。

「ちなみに聞くけど、僕が倒れた件についての記憶はある？」

「んー、たぶんないなー。そもそもマティアスさんたちが雪が積もってる時に来たこと、なかった気がするし」

「傭兵の人たちも冬はどこかの街に落ち着くらしいしね」

あるいは雪のない国まで移動することもあるだろう。

なんにせよ、このスターゲイザーも以前のお姉ちゃんにはない話か。

こんなもんを持ってたら、前回の僕も何かしら動いてただろうしな。いや、そもそも魔法を使えてないから扱えてないか……。

元々マティアスさんたちはここでモンスターを倒した後、洞窟に潜るつもりだったはずだ。それがお姉ちゃんの前時間軸では、右腕を怪我してそれどころじゃなくなった。

……なんだか、未来が大きく変わった気がするな。

「それよりも、ロモロ。どうするつもりなの、学校は？　ぼやぼやしてると春が来ちゃうよ？」

「むしろ、僕よりもお姉ちゃんの記憶の方なんだけど……。夏以外の情報がないし」

「お、思い出せないから仕方ないでしょ！」

「……じゃあ、聞き方を変えるよ？　モンスターが襲ってきた時って、何か兆候はあった？　街で噂が流れたとか、街の外で被害に遭ったとか、農作物が荒らされたとか」

そう尋ねると、お姉ちゃんは少し怪訝《けげん》な表情をこちらに向けつつ、何とか思い出したかのように手をパンと叩いた。

「……あるよ！　思い出した。モンスターが襲ってくる前、どこかの貴族が来てね。これがまたムカつくやつで……」

「それはいいから」

「その貴族が森の果実を要求したんだよね。ほら、夏の短い期間に取れるやつあるでしょ？」

「あの甘い木の実かな」

「それが目当てだったらしくて、根こそぎ持っていっちゃったんだよ。モンスターはそれを食糧にしてたらしくて、それがなくなっちゃって街を襲ってきた……って言ってた」

なるほど。食糧が奪われたことで、連鎖的にそんな事態が起こったわけか。

「オーケー。百点満点だよ、お姉ちゃん」

「え？　ホント？　えへへー。あたし、やればできるじゃん！」

「すぐ調子に乗る……」

でも、ここまで引き出せれば充分だろう。甘い木の実、グレープを主食とするモンスターだって、調べればわかるかもしれない。

「それと、もうひとつ解決しなきゃいけないことがある」

「え？　何かあった？」

「前に言ってたでしょ。お姉ちゃんが勇者になる一年前にも街に獣の大群が襲ってきたけど、僕の活躍でどうにかなったとか。眉唾だけど」

「あー！　その時のロモロったら格好良かったんだよ！」

「……それはいいから」

お姉ちゃんに格好いいとか言われると恥ずかしい。

「三角灰牛ってわかる？」

「野生の乱暴な牛でしょ。三本の角があって、ハンターギルドに害獣指定受けてる猛獣。群れになると一週間で草原を草も生えない荒れ地にするとかいう」

「その大群が街に突撃してくるかも？　って街で噂になったんだけど、それで脆《もろ》くなってる壁を修繕しておこうってなったんだよね。ただ、予定よりも早く来ちゃった上に修繕が終わる前に壁を壊されて侵入されたもんだから、街が大慌てになって」

「それで僕は何をしたわけ……？」

「住人たちの的確な避難誘導と、獣の落とし穴への誘導だよ。元々、ロモロは修繕が終わる前に来るって予想してたみたいで、避難の手順とかをまとめて街に徹底させてたし、落とし穴もいつの間にか作ってたんだよね」

「何それ？　避難の手順や落とし穴はまだしも、どうやって時期を予測したんだ……？」

「こっちが知りたかったよ！　ロモロってば何も教えてくれないんだよ!?　『お姉ちゃんに言ってもわからないし、言うだけ無駄だよ』とか言って！」

……僕がお姉ちゃんに言いそうな台詞《せりふ》すぎて反論できない。

あれ？　なぜだか信憑性が出てきたぞ。

前世の自分は一体何をしてたんだ？

「みんなロモロの言うことなら真面目に聞いてて、しかもそれで誰ひとり被害を出さなかったからまた評判も上がってね。お姉ちゃんも鼻が高かったよ」

「なんでお姉ちゃんの鼻が高くなるのかわからないけど……まあ、でも、充分な情報だね。ありがとう」

少なくとも突発的に起こることじゃなければ問題はない。

定期的にスターゲイザーで街の様子を探れれば、兆候は見つけられるだろう。

兆候を見つけたら、理由をつけてすぐに街へ帰ってくればいい。

「決まった。学校行くよ、お姉ちゃん」

「えー。本当にぃ？」

「なんで嫌そうなのさ……」

「だって勉強キライだし、あいつに会わなきゃいけなくなるし……」

勉強ギライはともかく、『あいつ』とお姉ちゃんが悪し様《あざま》に言うのも珍しい。

前に学校の話を聞いたら、不倶戴天の敵みたいな扱いだったあの人のことかな。

基本お姉ちゃんは好き嫌いがハッキリしてるけど、ここまで嫌うのは初めて見た。

「行かなきゃいけない。特に僕は正規の魔法の訓練をしたい」

「あたしと一緒に訓練すればいいじゃん」

「なんというかね……。お姉ちゃんは確かにすごいんだけど僕には真似できないんだよ」

お姉ちゃんが魔法をバンバン使える理由は、おそらくマナを魔法に使うための魔力に変換する時の効率が著しくいいからだ。

お姉ちゃんは本能的に上手くできてるようだけど、僕はそれがまだ苦手で、これはカリキュラムによる地道な訓練が必要なんじゃないかと感じている。

効率を上げていけば、スターゲイザーも頻繁に使えるようになるだろうし、情報を拾う範囲だって広げられる。

「だから僕は正規の訓練をして、真っ当に魔法を使えるようになりたい」

「んー……。ロモロってば、テア様に会いたいだけじゃないの？」

意地悪な笑みを浮かべて、そんなことを言ってくる。

テアロミーナ様に会いたいのは間違ってはいないけど。

「ダメだよ、ロモロじゃ」

「何が」

「テア様は自分よりも強い人じゃないと結婚しないって豪語してたし。ロモロじゃ無理無理」

「……そういう話をしてるんじゃないんだよ」

でも、テアロミーナ様はそういう人なのか。

自分よりも強い人、か。僕には無理そうだな……。

「ほーら、ロモロってばガッカリした顔してるー！　デメちゃんに言っておこ」

「デメトリアは関係ないでしょ！　とにかくこんな知能が下がりそうな会話してないで、さっさと学校行く心の準備をすること！　第一、お姉ちゃんだって剣の先生を探さないといけないんだからね！」

「わかってるよ。でもなぁ。あいつがなぁ……」

なおもお姉ちゃんは嫌そうな顔をする。そんなに嫌いなのか……。

もはや相性とかそういう問題ではなく、生理的な問題なのだろうか。

とはいえ、お姉ちゃんも学校に行った方がいいこと自体は理解してくれてるだろう。問題はどう自分を納得させるかだ。

あとはお父さんとお母さんだけど……たぶん反対はされないだろう。

「それじゃ、お姉ちゃん。僕は出かけるから、留守番お願いね」

「あれ。どこか行くの？」

「みんなと約束してるんだよ」

「ああ、あの子たち……。今回のロモロは友だちもいるみたいで安心だよ」

ひとりぼっちみたいに言わないでほしい。

……うちの区画は同世代がいないから仕方ないだけだ。

家を出て、今日は街の中央区にある教会へと向かう。

今日はそこで日曜学校が開かれ、簡単な本を読ませてもらうことになっていた。

これまで教えてきたことの成果が試される時だった。

「ロモロ」

その道すがら、突然、声をかけられる。

足を止めて周囲を見渡すと、家と家の間の細道に彼女はいた。

本当に唐突でわけがわからない。

そして、彼女は僕に手招きしてきた。

「久しぶり」

「マブル？　どうしてここに」

「渡しに来たものがある」

そう言って彼女は僕に一冊の本を差し出す。

「渡しておけって言われた。いつか役に立つって」

「あの魔族の彼が？」

「そう。今は領内から動けないから、わたしが持ってきた」

「まあ君は空も飛べるしね……」

「そこまで難しいことじゃない」

「あのマナの動かし方を真似るのは難しいよ」

渡された本のタイトルを見ると……『楽しく学べる魔族言語』。

なんだ、これ？

『勇者に言われてるかもしれないが、お前は貴族として偉くなってくれ。発言力を持ってくれ。どこか空いた土地に魔族を入れられるぐらいに』

『どうにか人間と交渉できる手段を探す。二年後の戦争だけはどう足掻いても避けられないが、勇者の一撃をどうにか抑えて、交渉への糸口を作り出す』

魔族の少年の言葉を思い出す。

これはつまり、交渉のための一手ということだろうか？

未だに理解が追いつかないまま本を受け取ると、彼女は「それじゃ」と言って背中を向ける。相変わらずマイペースな子だ。

「ちょっと待って」

「？」

「これ、誰かに見せたりしたら大問題になる？」

「ならない。これを知る者はすでに人間にいないと聞いている」

「そっか。なら、いいかな。いつ返せばいい？」

「譲渡すると言ってた。どうするのも自由」

「……なるほど」

少し考える。これを渡された意味を。

『人間と魔族の相互理解』

そのための一手。

そう考えれば、こちらからも提案しなければならないことがあった。

「マブル。こっちからも伝えてほしいことがあるんだけど」

「了解。一言一句違わず伝える」

「じゃあ――」

そして、伝言を頼むと今度こそ彼女は去っていく。

僕は彼女を見送って、本を片手に教会へと急いだ。


教会ではロッコたちが静かに本を読んでいた。

絵と簡単な文字で彩られた物語。前世の記憶にあるものだと絵本に近い。

物語も単純明快で面白い。僕は数年前に読んだからこそ、本に嵌《は》まったとも言える。

「それにしても、もう本を読めるようになってしまうとは素晴らしいですね」

教会で僕たちを担当してくれる司祭さんが感心しながら四人を眺めていた。

「文字をすぐ書けるようになりましたからね」

「大人でも文字を書けない者がいるのに、どんなことをやったんですか？　ロモロくん」

「いや、特別なことは何も。何度も書いてもらって、読んでもらって……その繰り返しです。モチベーションもあったでしょうし、子供の方が色々と覚えやすいと言いますし」

「ふふ。君は本当に賢者の神子なのかもしれませんね」

愛想笑いで返しておいた。

僕は僕でみんなが絵本を読んでいる間に、マブルから受け取った魔族言語の本を読む。

ひとまず斜め読みだ。

ただ、わかったのは魔族言語は今僕らの使っている言葉と大きな差はない。

もちろん幾つか意味の違っている言葉はあるが、動詞や名詞といった順番は変わらない。単語の意味が違うくらいだ。

これなら覚えるのも苦労はないだろう。

問題は彼らが口と耳を用いてコミュニケーションをとらない点だ。文字を残す文化がないというのも理解を難しくしている。

「ロモロ、何読んでんだ」

「むずかしー本よんでる？」

いつの間にか絵本を読み終わったのか、ロッコとルチアが僕の本を覗き込んでいた。

それに釣られたかのように、クローエとシモーネもやってくる。

「んー……難しい本じゃなくて、ちょっと別の国の言葉というか」

「でも、ちょっと読めそうな感じだね。ところどころわからないけど」

クローエが本を少し眺めてそう呟いた。

確かにこの本の言葉は、絵本とは言わないまでもできる限り、簡素な単語が使われている。イラストもついていて直感的にわかりやすかった。

段階的に難しくなっていくが、初めから読んでいけば理解できるようになっている。何げに質の高い本だった。

「昔の言葉って言った方がいいかもね」

「へー。面白そう。あたしも読んでみたいな」

クローエがそう言うと、ルチアも「わたしもー」と続いた。

ロッコとシモーネも、興味はあるようだった。

少し考える。

もし、この四人が魔族の言葉を覚えてくれれば、魔族と交渉できるようになったら、きっと力になるはずだ。

そこまでは無理としても、魔族言語を教えられる人材になれるかもしれない。

まあ、損ではないだろう。仮に使うことがなかったとしても、別の言語を覚えるための経験にはなる。

「じゃあ、冬の間は、これも一緒に勉強する？　後悔はしない？」

「後悔？」

「まあ、色々と」

「別にしないだろ」

ロッコが軽く言うと、続けてみんなが頷いた。

ズルい手段だけど言質《げんち》はとった。

「じゃあ、最初から読んでいこうか」

◇　◇　◇

こうして、僕は冬の間、彼らと魔族言語を覚えていった。

四人は日常で使う言葉も少しずつ書けるようになり、さらに魔族言語についての造詣も深めていく。

冬が終わる頃、僕は四人に言語の本を貸し出した。僕はもう完全に覚えたし、これから必要になるのは彼らだからだ。

そして――草花の芽吹きとともに、春の訪れを予感させる風が優しく吹き始めた。

「モニカ、ロモロ。忘れ物はないな？」

「うん、大丈夫だよ。父さん」

「昨日、何回も確認したし大丈夫」

「気をつけるのよ？　テアロミーナ様も仰っていましたが、辛かったらすぐに帰ってきてもいいんだからね？」

「心配性だなぁ、母さんは。大丈夫だってば！　あたしがついてるんだし」

「わたしはあなたが何かやらかさないか心配なんだけど……」

「ってヒドぃよ、母さん！」

両親にも許可をもらい、僕らは王領のファタリタ王立校で学ぶ。

その間はテアロミーナ様たちが住まう、スパーダルドの宿舎でお世話になることになっていた。

「本当に行っちゃうのかよ、ロモロ」

「せっかく仲良くなれたのにー！」

「仕方ありませんよ。でも、これが別れではないはずです」

「そうだよー。帰ってきたらまた遊ぼうねー」

ロッコたち四人が口々に別れを惜しんでくれる。

「帰ってきたら、教えてもらったことを皆にも教えるよ。楽しみにしてて。その間、文字とか計算の勉強も忘れずにね。いっぱい本を読んでてほしいな」

そして、お姉ちゃんはお姉ちゃんで友人たちとの別れを惜しんでいた。

「おいおい、モニカが学校とかマジかよ……今の今まで冗談だと思ってたのに」

「同感。ロモロはともかくモニカに縁はないと思ってた」

「し、失礼ですよ、皆さん……」

「ま、なんでか知らんけど頑張ってくれ」

「帰ってきた時は、ハンターとして大きく差がついてると思ってくださいね」

「へーんだ！　あたしはもっと大きくなって帰ってくるんだからね！」

もうすぐ、王領に向かう馬車が出る。

そろそろ行かないと。

「「それじゃ、行ってきます！」」

僕は初めてバグナイアの街を出て、外の世界へ踏み出す。

御者が馬に合図を出すと、少しずつ歩き出していった。

バグナイアの街が少しずつ遠くなっていく。まだお父さんやお母さんたちが手を振っていた。

だけど、それも見えなくなっていく。

「それにしても学校かぁ……。不安だなぁ……」

「まだ言ってるの……」

お姉ちゃんが溜息とともに、そんな不安を口に出す。

似たようなことをこの前も言ってたけど。

「少なくとも今度は僕が一緒にいるんだから、お姉ちゃんが孤立することはないよ。その嫌いな人だって上手いことやれば力を貸してくれるかもしれないんだから」

「……ホントに？　絶対に？」

「ちゃんとその辺りはサポートするよ。それにお姉ちゃんだって前だと学校行ったのは二年後でしょ？　だったら、この時点で上手く立ち回れば結果だって変わる」

「…………むー。わかったよ。ロモロを信じるからね！　裏切ったらヒドいからね！」

「はいはい」

「弟は姉に絶対服従なんだから！」

『？？？』

これでヴェルミリオ大陸裏史の第一部は終了となる。
手慰みで書いたが、存外筆が乗ったように思う。
この学校入学は様々な波乱をもたらしたが、それ以上に恩恵は大きかった。
その話は第二部を書く気になったら、再び筆を執ろうと思う。
〈ヴェルミリオ大陸裏史〉　第一部　第六章　八節より抜粋

あとがき

初めまして、あるいはお久しぶりです。田尾典丈《たおのりたけ》です。

一巻からあっという間に時間が過ぎました。光陰矢の如《ごと》し。年々、時間を早く感じてしまうのはジャネーの法則でも言われてます。後悔しない時間を過ごしたいものですね。

最近は健康のために朝散歩しているのですが、久々に足を捻《ひね》って転びました。ズボンは破けるし、足はしばらく痛めるしで散々です。昔なら耐えられたものが耐えられなくのは身体《からだ》が鈍っているのを感じます。

今、これを書いている時にもまだ捻った足に違和感があるのですが、これがなかなか治らない。医者に行くのもキツいのですが、救急車を呼ぶほどではないくらいの痛みというのは困りますね。救急車には人生ですでに三回乗っているので、もうこれ以上増やしたくありません。

一時期歩けなかったので、色々とやりたいことがやれませんでした。ネット投稿の方でもストックがほぼなくなってマズいことに……。

『私が怪我《けが》でもしていない限りは、まだ自由に投稿しているはずなので』

などと前巻でのフラグを回収するつもりはなかったんですが。

この二巻が発売されるまでは、どうにか今のペースを保ちたいですね。


二巻が終わり、ロモロとモニカは世界を救うために街を出ました。

ここから学校に入り、様々な人物と友誼《ゆうぎ》を結ぶことになります。

学校というのは色々な人間がいる場所です。親友となる者もいれば、そりの合わない者もいます。

ただ、親友となる者であってもちょっとしたすれ違いで仲違《なかたが》いしますし、そりの合わない者であってもちょっとしたきっかけで印象が変わったりします。

学校の中ですべてがわかるわけではありませんが、学校生活は長いようで短い。

そんなロモロたちの学校生活は、すでに小説家になろう様かカクヨム様で投稿されておりますので、気になった方は確かめてみてください。


それでは最後に謝辞を。

イラストを描いてくれたにゅむさん。最高の表紙をありがとうございました。

この作品を担当してくれたKさんにも、感謝を述べなくてはなりません。

そして、すべての関係者に感謝を。

田尾　典丈

電撃の新文芸

二《に》周《しゅう》目《め》勇《ゆう》者《しゃ》のやり直《なお》しライフ2

～処《しょ》刑《けい》された勇《ゆう》者《しゃ》（姉《あね》）ですが、今《こん》度《ど》は賢《けん》者《じゃ》の弟《おとうと》がいるので余《よ》裕《ゆう》です～

著者／田《た》尾《お》典《のり》丈《たけ》

イラスト／にゅむ

2023年4月17日　初版発行

発行者／山下直久
発行／株式会社ＫＡＤＯＫＡＷＡ
〒102-8177　東京都千代田区富士見2-13-3
0570-002-301（ナビダイヤル）
印刷／図書印刷株式会社
製本／図書印刷株式会社

【初出】……………………………………………………………………………………………

本書は、「小説家になろう」ならびに「カクヨム」に掲載された『二周目勇者のやり直しライフ～処刑された勇者（姉）ですが、今度は賢者の弟がいるので余裕です～』を加筆、訂正したものです。
※「小説家になろう」は株式会社ヒナプロジェクトの登録商標です。

ISBN978-4-04-914986-9　C0093　Printed in Japan

ファンレターあて先
〒102-8177
東京都千代田区富士見2-13-3
電撃の新文芸編集部

「田尾典丈先生」係
「にゅむ先生」係

Unnamed Memory I

青き月の魔女と呪われし王

著／古宮九時
イラスト／chibi

**読者を熱狂させ続ける
伝説的webノベル、
ついに待望の書籍化！**

「俺の望みはお前を妻にして、子を産んでもらうことだ」
「受け付けられません！」
　永い時を生き、絶大な力で災厄を呼ぶ異端——魔女。強国ファルサスの王太子・オスカーは、幼い頃に受けた『子孫を残せない呪い』を解呪するため、世界最強と名高い魔女・ティナーシャのもとを訪れる。“魔女の塔”の試練を乗り越えて契約者となったオスカーだが、彼が望んだのはティナーシャを妻として迎えることで……。

電撃の新文芸

勇者刑に処す
懲罰勇者9004隊刑務記録

世界は、最強の《極悪勇者》どもに託された。絶望を蹴散らす傑作アクションファンタジー！

勇者刑とは、もっとも重大な刑罰である。大罪を犯し勇者刑に処された者は、勇者としての罰を与えられる。罰とは、突如として魔王軍を発生させる魔王現象の最前線で、魔物に殺されようとも蘇生され戦い続けなければならないというもの。数百年戦いを止めぬ狂戦士、史上最悪のコソ泥、自称・国王のテロリスト、成功率ゼロの暗殺者など、全員が性格破綻者で構成される懲罰勇者部隊。彼らのリーダーであり、《女神殺し》の罪で自身も勇者刑に処された元聖騎士団長のザイロ・フォルバーツは、戦の最中に今まで存在を隠されていた《剣の女神》テオリッタと出会い——。二人が契約を交わすとき、絶望に覆われた世界を変える儚くも熾烈な英雄の物語が幕を開ける。

著／ロケット商会
イラスト／めふぃすと

電撃の新文芸

リビルドワールドI〈上〉

誘う亡霊

電撃《新文芸》スタートアップコンテスト《大賞》受賞作！
科学文明の崩壊後、再構築《リビルド》された世界で巻き起こる
壮大で痛快なハンター稼業録！

旧文明の遺産を求め、数多の遺跡にハンターがひしめき合う世界。新米ハンターのアキラは、スラム街から成り上がるため命賭けで足を踏み入れた旧世界の遺跡で、全裸でたたずむ謎の美女《アルファ》と出会う。彼女はアキラに力を貸す代わりに、ある遺跡を極秘に攻略する依頼を持ちかけてきて――!?

二人の契約が成立したその時から、アキラとアルファの数奇なハンター稼業が幕を開ける！

著／ナフセ
イラスト／吟
世界観イラスト／わいっしゅ
メカニックデザイン／cell

電撃の新文芸

売れ残りの奴隷エルフを拾ったので、娘にすることにした

著／遥　透子
イラスト／松うに

不器用なパパと純粋無垢な娘の、ほっこり優しい疑似家族ファンタジー！

　絶滅したはずの希少種・ハイエルフの少女が奴隷として売られているのを目撃した主人公・ヴァイス。彼は、少女を購入し、娘として育てることを決意する。はじめての育児に翻弄されるヴァイスだったが、奮闘の結果、ボロボロだった奴隷の少女は、元気な姿を取り戻す！

「ぱぱだいすきー！」「……悪くないな、こういうのも」

　すっかり親バカ化したヴァイスは、愛する娘を魔法学校に通わせるため、奔走する！